起初

绝地天通

·上

王朔 著

北京出版集团
北京十月文艺出版社

新经典文化股份有限公司
www.readinglife.com
出 品

自序

一

绝地天通是发生在上古大约四五千年间帝颛顼时代一个治安事件。因被我国最古老典籍《尚书·吕刑》引用讲述五刑因何而设而为世所知。绝地天通是断绝天地也即人神感通的意思。彼时正值涿鹿战后，蚩尤所部南系氏族九黎三苗在炎黄联军及神——这里的神指的是天灾——女魃的共同抗击下归于瓦解。瓦解后的散兵游勇（尚书概称为三苗）沦为寇贼，在冀地一带抢掠杀戮，到处作乱。制定五刑就是后来尽人皆知的劓刖宫黥加上大辟当作法律制裁他们，效果也不好。效果不好原因是什么呢？《尚书》没讲。《尚书》固然古老，再古也要有文字之后，也就是殷以后。这个"吕刑"更晚，是内个西行三万里著名的爱旅行的周穆王发表的讲话，隔着少说两千年，他怎么知道的？守藏室可能有甲骨文版《五典·颛顼谟》。总之就是不在场，人家说什么是什么，情况没法了解得更多。我也不可能知道得更多，只能从颛顼随后展开的行动逆推事委。

穆天子说（吕刑全篇即是他的口气）：民兴胥渐，泯泯棼棼，罔中于信，以覆诅盟。人民互欺，纷纷扰攘，完全不顾信义，背弃诅咒发誓的盟约。这里的民、背盟者应指南军散兵。依从此句，本人有理由认为涿鹿战非如世人所言是一方压倒一方歼灭战，而是通过订立盟约达成停战。石器时代木石装备军队本来也只具驱散对方能力，打完架讲和、赌咒发誓服了或结为兄弟也是这类事通例。据以判断南军士众滞留当地似也应是服了之后基于盟约给予之合法地位。颛顼之前不能有效管制他们可能也是受限诅盟。故而当他决定采取断然措施前必须指出南人背盟在先。也许这个理由还不足够。

穆天子接着说：虐威庶戮，方告无辜于上。受虐刑被残害的人，纷纷向上帝申诉冤屈。上帝监民，罔有馨香德，刑发闻惟腥。上帝下来考察情况，没有闻到任何德行散发的馨香，只闻到刑杀带来的血腥。

这里要多说几句，因为此处正是颛顼随后为什么要采取那样一种行动交关处。也才能回答之前为什么五刑那样严酷手段都不能控制局面之根结点。了解一点涿鹿之战的人都知道，内场战争有神介入，炎黄一方有女魃，蚩尤一方有应龙。应龙管发大水，女魃管干旱。刨去先民朴素世界观且不去管他，战争期间先后发生水旱灾害应是事实。今天我们都知道，大灾之后必有大疫。在内个缺医少药几乎肯定没有防疫知识也无洁净饮用水一切都因陋就简的上古，瘟疫发生几无可避免，而且我可以百分之九十认定是肠道传染病。

不知各位了不了解在我大中医尚在发轫，还不成其为行当，只是得自一些猿人时代经验，有病尝百草，黄帝还没遇到岐伯还没开展内场著名谈话，大家手里只有石头之新石器时代，一个人得了绝症，拉泻吐快死了，靠什么、谁，给自己一点希望？——对喽，巫，巫医，信仰疗法，向神明祷告。我以为我是在合理推论，受迫害者绝非贸然向上帝求告，而是一向有困难就找上帝——此上帝非外邦所传造物主，而是中国源远流长本土上神之称谓，为外邦人僭用——而且不是一位，具体到涿鹿古战场双方士众祷告之上帝，至少两位，太昊、太一。另五位二级上帝黄帝、赤帝、青帝、黑帝、白帝此时都还活着，尚未升格为神。这里情况比较复杂，详情参见本书，恕不在此过多解释。

唉内喂！官民有困难找上帝在当时是一种普遍刚需，而上帝也不端着，虽非有求必应，却也积极回应下民呼唤，每常亲自下凡解决问题，当然不是天门大开，仙乐飘飘，闪出无数天兵天将,上帝惦老人家驾着祥云降落,那样会吓死人,而是借助神媒,附体于巫,问这问那,给出指示,这在我老家东北叫跳大神。

所谓上帝监民,大发牢骚:未闻德馨,惟闻血腥。应该也是巫借附体对颛顼等负责人发出严厉指斥。颛顼惶恐,心理压力很大,他也信这个可能比任何人都信,继而忿怒。随之展开迅雷行动,史称大整顿;报虐以威,以死亡威胁,悉数驱逐南人,不使其在他势力范围之古冀州境内一人存留。同时任命重叔主管神事,黎叔主管民事,禁绝人民私下请神,将请神权收归帝有,绝地天通,罔有降格,不要再胡乱下凡了。也就是说同时严厉打击了巫,禁止这个群体再行飞升降神等类高级精神活动,将她们(当时大部分是女巫)降低为舞雩乞雨、望祀招弭、厌劾妖祥的小祝。再后沦为穷乡僻壤寻物招魂、魇镇扎小人儿的神婆神棍。

嗖!一场旨在扫荡顽匪贼人治安行动为什么会扩大为对巫事全面取缔?这里要讲一下君权神授这个事。

上古,君权神授不是一个概念,而是实打实现场操演,巫要把神真请下来,当着众人面认可某人,说此人是我待见的,我悦纳的,授予此人领导众人资格。这么做当可收立竿效果,令众人顺服。也很危险,今天你在这里降一个神,任命一个领导;明天我在那里降一个神,又任命一个领导。

实际上当时冀地就出现这种数帝并立混乱局面，至少青帝、黑帝来路不明，兴起莫名其妙，这也是法令不彰，五刑不能治乱，总有人托言上帝庇护群小，令颛顼颇头疼真正要命之根结。

故而他这么做了，不是以遏绝苗民于世，而是以废巫、断绝人神感通，维护君权神授严肃性，留下政必出一、法必出一、惟一为大政治遗产或称法统于等下数千年，权且但是起到了大一统始终在我国深入人心之养促作用，而留名于世。我是这么看这个事的。

二

忘了哪年，当时有一档电视节目叫凤凰大讲堂，里面有一位老师在讲，因为是从半截儿看，也不知老师名字，只记得几句，中国古代是有宗教，老师命名为宗法式上帝教，特点是在上、与天——诸上帝沟通内部分只许皇帝一个人信，故有天子七庙，天坛什么的；在下、伦理部分则是儒学，人人得以习之（大意）。

深以为然。大概就是从绝地天通开始的吧，到汉补入伦理我这么想。

三

就我阅读范围，绝地天通全部文献止吕刑小二百字。写小说也只能以一当百、当千了。困难在于这个事重点不在南军作乱，而在巫。而巫事所涉关联自古语焉不详。有学者引萨满语义指巫本义为激动不安和疯狂的人，多出自身体残疾、精神错乱和大病不死者，其中女性尤多，在古汉语中巫即指女巫，男巫称觋。神经过敏、疯疯癫癫、富于献身精神、敢聊是这类人特点，因能言人所不能，被视为具深智慧，能通鬼神。

再就是甲骨卜辞里提到伐巫、取巫、用巫，都被认为以巫作人牲，杀之献祭。其他就不甚了了了。巫在降神、预言、激动不安时说什么、怎么说，无从得知。我以为这一定不能乱讲的，即便在旁人看来疯疯癫癫，她也一定有内在自洽逻辑，或称另一世界出世理则，覆盖于此间纷攘现象俨然自成套路，似从来处说，归处说，高观渺，俯观微，降维说。虽听者摸不着头脑，亦足令大恍范儿以为洞见窈冥。否则纯胡说别人一下听出来，早把她踹出去。我也不知疯了怎么还能自成套路，我也没出世，本分呆在人间，每日醒得跟个鬼似的。只能依此间规则将其体制化，我意思参照其他出世思想将巫世界分门别类，逐一宗派化。这样她们说的话既飞又能听懂。人类终极之想也不过那几问，掰开揉碎真可一以当万。我过去叫王岩，人家说叫妄言，现在叫王朔，人家说叫妄说。就当妄言妄说吧，是写小说，自己头脑风暴，万勿视作史实。

二〇二三年七月

1

《全夏书》载采女盗得黄帝军力图，连夜穿过两军前线，至华营交予炎帝。炎帝见图惧，欲走。山戬说不可，我军千里合众，深入夏地，不战走，恐散。炎帝欲盟，左右请占。炎帝占盟、走、战。盟繇辞曰：河结冰，狐狸捕鱼，守在火堆前吃烤獐，不利见大人。走辞曰：大雪茫茫，路上只有老虎脚印，一个人回家，遇虎，贞凶。战辞曰：夜里遇见鬼，用蘸鸡血的箭射鬼，早上发现中箭死的是邻居猫，无咎。

三占盟、走二凶一吉，战反之，二吉一凶。左右请卜，炎帝说：官占，唯能蔽志，昆命于元龟——占公事，只有人决定了，才能使用龟卜。《连山》曰：占三从二。我决定进行战斗。遂斩采女遣使女魃去夏营约战。

山戬二占的时候还在，还请采女吃冻梨，三占的时候出去方便，解了个大手，回来采女已经脑袋在杆子上，身段在泥里，惊问炎帝你杀她干嘛呀？帝曰：为了向上天表达我进行战争的决心，必须见血，与其杀一个无辜的人，不如杀一个不经常见到的人。山戬曰女子不刑。帝曰现在说这个，也只能号召部队为她报仇了。出来对众人说：是我出主意杀的采女。众人说：知道您仗义了。

女媿二人夏营，黄帝身穿白犀牛皮甲站在大帐中接见了她。媿曰：敝国地处东海，人多地薄，每年打下的粮食到春天就接不上顿，地主都很瘦，国中没有一个胖子，敝国向来的习俗是每年秋后组织穷人去四方游猎以备春荒，前年去了南方，去年去了西南，今年不得已前来投奔强国。道上都传台上您雄强自盼，对力、智不如您的人没有同情心，敝国君上怕您见外，带上了割草的石镰和木叉，万请台上勿惊勿怪。

黄帝说扛人是故意让他们那么传我的，免得世人都知道扛人好说话，有困难找扛人。人们对不了解的人总爱私下议论他的品行，听闻这个人很不堪，见面发现也没那么恶劣，就会感到轻松。听闻一个人是完人，见面就会挑他毛病，人怎么会没毛病呢？就会觉得这个人名不副实。嗖！扛人宁肯人们把我想得低一点，不抱指望也不至产生过大的失望，这就是扛人经世为人的态度。（李鼻注：扛人，黄帝自谦辞；上古燕北俗谓帝：扛雷的；故帝自称扛人。又：神农旧俗谓帝：倒霉催的；故神农诸帝自谦曰：催的。是以记。）

媦说特别受教，瓦人虽然不像台上每天需要整饬自己见很多捱不着的人，平常也有一些应酬交际，经常会为不能给人留下上佳印象苦恼，现在想来可能是瓦人对自己要求太高，没有强大自信又爱惜名声，真感到像秋秸秆挑粪桶两头担不起阿。（李鼻注：瓦人：女子自谦；诗曰：乃生女子……载弄之瓦。）

黄帝说是啊，扛人自出道以来，每临战踌躇，便有人说扛人不自信，扛人想请教什么叫自信，是相信自己做的每一个决定都是对的么？如果是，扛人承认无此自信。

媦说是阿！临战而惧，畏上天畏杀人，正是战士本色。

黄帝说扛人虽然居住在偏远的地方，也听说过上国贵人的名声。媦说您都听说什么了？黄帝说嗯，非得说吗？咱还是接着聊你们不得已投奔扛人那些事吧。媦说别别，您把话说全了，别让瓦人捉急。黄帝说那我可说了，道上都说自鱼甜之后，若要睹高古女战士英姿，只能到大庭一窥媦女士了。

媦说嘿嘿，这……评价有点高，其实我还是很女的滴。

黄帝说代表上国出使，关心自己名声超过国的命运，贵人确是女人味儿十足。

媦说汗！不能做到时刻为国奋不顾身，正是瓦人经常自感惭愧的，感谢台上提点。今日见到台上，瓦人腋下汗还没干，就受了两番教诲，都够瓦人回去想四季的。圣女娲说：

好饭要和最亲近的人同吃才香,好男子要介绍给自己闺蜜才够意思。之前瓦人最钦佩的人是敝国君上,当刻最高看的人是台上,不介绍世上两个我最崇仰的人相见瓦人不能原谅自己,请台上定个日子,敝国君上带领军队随时准备向您请教。

黄帝说上国大君的命令扛人不敢不听从,你们不找扛人扛人也得找你们,客人大老远家来了,主人迟迟不露面,这是主人失礼,从贵人开口这刻起,到与上国军队相见那刻止,请贵人为扛人毫不客气地指定一天,扛人一定遵命。

魄说就是随时喽?黄帝说全听贵人吩咐,上国军队说见,扛人带着自家不成器子弟就在那儿了。魄说那就这么定了。

黄帝说说走就走啊,大老远来了,水都没喝一口,本来还想留您多聊会儿,尝尝啊们这儿难以下咽的饭菜,晚上啊们大伙好好伺候伺候您。

魄说台上的盛情瓦人打嗑啵都叫失礼,从现在起瓦人就怀着无时不思念的心情期待着与台上再见的那一天,回见!

送走女魄,黄帝跟风后巫咸说:这绕脖子话说的,出一身汗。巫咸说礼,就是各种见外。风后说我就听不得人用第三人称叫自己,巨烦!黄帝说让我管自个叫扛人的是你,嫌烦的也是你,下回派你去当使。

明日,华师发动。有贝国主姜阳山戬帅前军,有鱼国主姜姚赤澙帅左军，有乃国主姜高风丑帅右军，有矢国主姜句垢须帅中军，有窑国主姜晏宿沙帅上军，有仍国主姜克烈熏帅下军，有漆国主姜孟舞犁帅后军，炎帝揄罔亲督帝卒禁军；八军吃过早饭，一起渡河。从早起到下晚，前军已达海坨山脚百泉之野夏师阵前，后军还在妫水岸排队踏步等待涉水。

夏师陈兵十里。黄帝亲帅帝卒禁军与颛顼所帅三师为上下中军，常先帅新四师为左军，大鸿帅新五师为右军，一二师合军为后军，昌意为主帅，訾为副帅。戎部掩护左右两军侧翼，一路排到山脚改为放羊。此次战役夏师首次使用了双牛驾辕战车，叫厦车。一车定员五人，一个主驭手，叫御；站在御两边射手一个叫车右，一个叫车左；后立旗手一员，鼓手一员；整车曰车伍。指挥员要乘车，就挤在鼓手旗手之间，或撤下一名乘员。百泉战时帅都年轻，身体好，鼓手一般由帅亲任，常先大鸿都是军中驰名好鼓手，部队比赛擂鼓对着擂过八天八夜，下来耳朵都背了。訾嫩点，拜的师父是夔，擂鼓能把狼招来，错以为万鹿奔腾。黄帝乘车倍于战士乘坐通用型厦车，双服双骖，四头大公牛；轮辐五尺，厢高如三层楼，行进遇坑还备有八人垫砖助轮；厢顶加八寸厚柞木，前高后低，若豪棺；四栏垂帷幕，曰轩轾；厢身黑漆底绘红色云纹，曰云车。

黄帝头回坐车也很兴奋，站在轩里探个头四下张望，招呼风后：上来呆会儿。风后摇手：恐高。黄帝说这儿上还有酒呢，还一张床呢，够躺俩人。忽尔看到远方华师行军纵队扬起的烟儿，给全军报幕：他们来了！

一直嫌黄帝本名有点土，正式场合有点叫不出口，憋着给他改个庄雅名字的风后，看到黄帝在轩里快活样子，心头一亮，在车下喊：叫轩辕不是挺好嘛。黄帝拢着耳朵喊：啥？

风后蹬着轱辘喊：我说叫轩辕，指车上的轩和辕，黄帝看看轩，看看辕，向风后伸出双大拇哥。

山戬率领部队在草里钻了一上午到达百泉，看到阵地得到平整，黍田般荒草经过刈割，码成一座座草垛，有泉眼处，新刨出一排排野战灶坑，把前茅营长合同叫来，进行表扬：越来越成熟了，不但会打仗，还懂得布置战场，有点高级指挥员样子了。合同说草不是我割的，灶也不是我挖的，我来就这样了，我是想到了，还没来及。山戬说好吧，你退下。皱着眉头观察夏师，看了半天夏师战车不得要领：这是筑城模版么，为什么在城下布置这么多牛？合同凑上来：还是我，我也很纳闷，貌似移动的城，看着他们赶着牛推上来的，但是等了半天也没见他们夯土。山戬说去搞清楚，捉一个夏人问他，这个大杀器叫什么。合同说得令！扭脸举板砖冲向夏阵，只见他砖切夏卒颅，扛起瘫痪夏卒往回跑，夏人出动战车追逐他，合同扛着俘虏跑之字形，最后还是被狂怒公牛顶翻在地，让人捆了双手拖在车后驰回夏阵。山戬说：鲁莽！

风丑率右军到达。山戬问左军呢？风丑说他们往左走了，喊他们也不听，没有包抄计划吧？山戬说没有。风丑是大地主，也是好农人，每年开春亲自扶犁耕二亩地，过那种万象更新的瘾，跟牛熟，听牛叫就知道牛几岁，生过几个孩子，对人有多恨，看到夏师摆出来的牛拉木箱立刻喊：——车！

山戬说你怎么知道？风丑说因为我研究过轱辘，往地里担粪太累，车厢、辕、轸、辔、轭，我都发明了，就差轱辘了，靠的嘞！我怎没想到用整砧板啊。旁边听得聚精会神的一帮农村兵问：那你用什么呀？风丑说我也是用木头，但是都锯成条——咱不是希望它圆么。当兵的说那能跑么？风丑说跑是能跑，但是跑两下就散了。当兵的说使胶啊。风丑说粘不住。山戬呵斥兵：各回各位，哪儿都有你们！对风丑说现伐木现锯砧板来不及吧？风丑仰着脖张望：今天肯定来不及了。山戬说今天，仰脸看太阳，被晃着了，捂着眼睛说今天够呛能打起来，这都几点了，才咱们两军，先吃饭。下令部队埋锅熬粥，指一孩子：你叫什么？孩子说溜肩膀。山戬说你，代理前茅营长，带几个人去迎炎帝，把走岔道的领回来。溜肩膀说得嘞。

对面夏军忽然鼓乐齐鸣，山戬下意识拔剑张望：夏师要攻！战士也都扔下碗跑步归队，风丑说不像。

一个夏师军官打着黄旗，一个女兵吹着骨笛曲《熊之渡》，后面跟着一队扎着皮围裙夏卒，挑着冒着热气陶鼎陶簋走过两军阵前。军官掩旗向山戬行亮掌礼：下官舟毛毛见过山帅，我家颟帅问候山帅：故人远来，可惜是在阵前相见，戎装在身，不能尽心服侍。虽然没到冬至大享的日子，也是贴秋膘的季节，军中没有像样的厨子，只能烧几样难吃的小菜，不一定入得了帅爷的口，请随便赏给随从吃吧。辞毕曲终。

山戬说你们帅好吗？女兵又吹起《宵征》。毛毛说帅好，就是惦记您，才刚远远看到您消瘦了，心疼得掉下眼泪。

山戬说内什么，一年之熟在于秋，最是秋风写我忧。对女兵说别吹了，眼泪都快摆我吹下来了。简笑着放下笛子，说：见过老流氓。山戬说别乱讲，部队都挨这儿呢。简说好吧。行挡眼礼：见过山熟。风丑说你们怎么熟成这样？山戬说这就是个疯丫头，二次战役刚被我军收容还咬人呢，后来咬人的毛病一直不改。风丑说当时我在哪儿呢？山戬说当时你在家装病。山戬说漂亮了。简说老啦。山戬说跟我说这个？

风丑说能吃了么？山戬说能能能，给简介绍：风熟。简说风熟好，跟我们内风老没关系吧？风丑说谁？山戬说没。

揭开鼎簋盖子，是炙斑鸠烧果子狸各种野味，风丑拣了块禽肉，放后槽牙眯眼嚼了几匝，眼珠子一亮，说：好吃。

李鼻注：《军法典·军礼》曰：归师，卒共刍粟扉屦，帅荐羞。对归国的外国部队，所经地应供应士兵粮秣和草鞋，将领供应美味的禽鸟肉。颛顼以归师待遇招待前来作战的外军，战士以为非礼。

舟毛毛频频行礼，跟华师队伍中熟人打招呼：都来了？捞眯子乐呵呵地说都来了，还把一手特小的人推出队列，问毛毛：认识他吗？——你哥。简喊了声：眯哥。纵身投入捞眯子怀抱，一会儿没人儿了，就听远近战士行列阵阵起哄。

风丑说我太会挑时候生病了。山戬说去年还是生荒子，说话看人直卜愣登的，今年知礼了。跟舟毛毛说：我军刚才有一个人，不懂事，在阵前乱跑，跑到贵军那边去了，希望没有给你们添太多麻烦。毛毛说您是说合同哥么？不巧，撞下官手里了，下官留的他，握手时劲儿使得大了些，手腕子秃噜了一层皮，滚了身泥，已让军医检查过我哥身体，没大碍，目前安排在队里洗澡吃饭。山戬说孩子愣，头回出远门，已经给贵军添了麻烦无论如何不能再添麻烦，请不要让他在贵军厮混得太久。毛毛说黄帝台上已经想到了，上国远道而来，人地生疏，难免发生人员走失误入我营情况，令上国烦恼，命令我们，开战前不请自来上国人一律不得留宿，欢送归队，台上的命令我们不敢不遵守，帅爷很快就能见到我哥。

　　对面车楼有人向这边致意，山戬说是黄帝么？毛毛说是。于是山戬躬身捶胸遥向还礼，跟随他的华师战士也随之一齐溜肩耷脑还礼。山戬说这个人不得了，德行能散到敌国战士头上，可谓淋漓尽致，这是要当天子节奏啊，我军凶多矣。

　　风丑说后面山上有人。山戬回头看了眼说：是我军，怎么走那儿去了？

2

炎帝撑着膝盖一步一挪向峰顶攀去，忽见前面战士纷纷掉头往回走，大喘说怎么地了？一个战士说走不过去了，断头崖。姜句垢须满头大汗骂骂咧咧从峰顶下来，说左军带的什么鸡巴路，逛山来了。女媿说你还往上走啊？炎帝说都到这儿了，上去看看。一行人逆着人流登了顶，姜姚赤漍正在那儿解开头发过风，长发飘飘四下眺望。炎帝说看得见夏师么？赤漍说很清楚。炎帝看到远山下蚕籽般排列军阵，说直线距离有二十里？赤漍说不止，看着近，走过去头天亮了。

炎帝说怎么越走越远呢？在山腰还能看见旗子不同颜色，到这儿就浑一色了。赤漍说还说呢，在山根听对面击鼓针儿针儿的，以为翻过山就到了，谁想走这儿来了。炎帝说我们有没有部队到达战场，不要让人家以为我们逛他们，白让人家在那儿站一天。女媿说我觉得那几个烟点是咱们部队，正做饭呢一定。炎帝说那不是个村么？女魃说哪儿有村儿啊。

炎帝问女魃你饿么？女魃说饿过劲了。炎帝一屁股坐下，说不管他们，我们先吃点东西。叫底下帝卒：拿吃的来。帝卒一个接一个往下传：吃的呢，在谁那儿呢？

底下一通嚷嚷，推推搡搡提上来一人，看鼻眼是个戎人，提他上来的战士扔下一具撅成两截抛石器说：这小子在林子里放羊探头探脑，我们怀疑他是夏军探子。牧羊人说玛斯拉玛斯拉，玛斯拉捏咕塔起亚。炎帝说谁懂戎语？女魃说我懂一点，对牧羊人说捏咕啦巴捏提亚提拉米捏。牧羊人说捏，捏。炎帝说他说什么。女魃说他是娵訾部牧人，平日就在这座山上放羊，黄帝看到我们的旗子在山上，估计我们迷了路，通知到他的部落让他带我们出去。炎帝站起来，点着戎人胸脯说：你，前面带路，我们滴，统统跟着你。戎人狂点头：捏，捏。战士漫坡攀岩追人家羊，有兵还拉开弹弓摆出射姿势，炎帝喊：不要乱搞！

午后，忽起一阵促风，夏师旄旆旌旂一齐飘动，像一群游龙忽然活了乘风欲去，跟着就是一批批兜头盖脸骤雨。

雨过草腥，华师各军团陆续达阵，都累坏了，一到全瘫地上。炎帝背着女魃，乱发糊脸，健步走来。山戬吼闺女：下来！像什么样子。女魃出溜坐地上抱脚丫子说：打泡了。

山戬说那也不能让帝背啊。跟着的帝卒说我背的，一路，到平地，才换。山戬说那也不合适。帝卒说他抢啊，拦不住啊，说当年上岱山猎虎还往下背过象呢。女媿说你别给添油加酱阿，人明明说的是象牙。

炎帝呼——，呼——，喘着长气指着帝卒：……年轻人，还不如我……个老头子。山戬说您别逗能了，再闪着腰。踢闺女：你挡你还小哇！女媿看着地上一排排簋鼎鬲豆、肉骨枕藉，姜句垢须、姜晏宿沙、姜克烈熏、姜孟舞犁几位军头盘腿坐地上打着饱嗝剔牙，说你们这是暴搓呀，怎也不给我们留点？山戬说这都夏佬送的，来一拨送一茬，等着，有你们的。晏宿沙说这是北伐以来吃过的最好一顿饭。姜克烈伸了个长懒腰说嗯——，就势后仰大岔腿躺地上：想操人了。

夏军奏乐，一行人抬着簋走过来。烈熏扒拉炎帝：饭来了。孟舞犁说老头着了，让他眯会儿，今儿一天不容易。媿一瘸一蹦迎出去。山戬喊你忙什么的，他们会送到跟前来，这会儿你又能跑能颠了。媿说我乐意。晏宿沙说这闺女大了一点办法没有。媿挎着营有说有笑往回走，孟舞犁说这主儿怎看着眼熟啊？烈熏说这不那谁嘛，玄嚣内二小子，二次战役叫咱们逮过，裤兜里都是屎，现在穿得跟个嘛似的。

乓！营立正捶胸：我大爷呢？山戬说你大爷正在小憩。啪！打风丑手：几顿了你。堂啷！簋盖扣回去。风丑说我就看看。炎帝忽然坐起：全体集合！大伙就笑：又梦见打仗了。

《全夏书》记载，炎帝教习士卒拉硬弓闪了腰，华师诸帅请求避战，待他养好腰再进行战斗。炎帝不许，说这些年，战争连绵不断，农人不得不拿起草叉参军，田地里谷子结了穗却无人收割，部队长期曝露在异国荒野，士卒冻馁交迫，人人盼着早日还乡，我不敢因自己微恙耽误大家的归期。遂令帝卒抬着他渡过妫水。夏军陈师百泉，以鱼丽阵拒之。

李鼻注：鱼丽，鱼在捕鱼竹篓里历历录录跳跃的样子。古战阵名。相传为黄帝所创车攻阵型，车伍与步兵混编，车伍九乘为小偏，十五乘大偏；小偏伴随步兵九伍，大偏伴随步兵十九伍；冲击时战车踏阵，步伍跟进斩杀擒抱。这一战法至春秋尚见于文献，规模有所扩大，大国征伐，二十五乘一偏有之，二十九乘一偏有之。后驷马风靡，步兵两条腿往往跟不上，战车打开缺口不能巩固，车伍得不到支援，常有矢尽枢方整车陷坑全员被俘被斩之惨况发生。战国中期，秦将白起创大集群车攻，以千乘战车伴随千辆搭载步兵之广车以宽大正面并肩突进，其阵法曰菟且；于长平大破仍采取保守鱼丽阵之赵军，鱼丽不复见诸史矣。

炎帝坐人轿——二卒四手交握；两手搂卒颈犹腰不胜体，赴阵前与黄帝相见。夏射蝇将军离朱请求短促突击，曰：一偏可擒。黄帝不许，曰：我岂是只要炎帝一人？我岂是只图一战得手？自古两国交兵，无外两个结果，一是结怨，一是息争。神农，大国也，我们和他们打多少仗，最后也是要讲友好的。我愿意以战息战，而不是旧恨未去，又添新怨。言罢跳下云车，单人徒手趋前，垂左二指作稽首科，大声说：上国大君远道而来，一定有教于扛人。

炎帝亦垂左二指，曰：催的居住在东方，台上雄起于燕北，敝国与强国隔着号称天堑的黄河，强国的羊在上游喝水，敝国农人用下游的水浇地，年年南来的雁恐怕都不希得用河水沾湿自己的脚。催的以为今生只能遥领台上的德泽，没有想到强国几次冒着风浪渡河，惠临敝国帮助我们查看庄稼长势，催的一方面过意不去，一方面不安，一定是敝国什么地方做得不到，碍了强国的眼，敝国恐惧。所以这次特地壮着胆前来，当面向台上请罪。敝国准备好接受强国制裁，请求台上看在敝国一向恭敬的份儿上，明告敝国罪行，只要能平息强国之怒，台上就是要催的脑袋，催的不敢不奉上。

黄帝曰：君上的期待令扛人感到卑微。下国本出戎狄，一直仰慕上国风物人文，下国人民渴望亲近上国的心情尤甚扛人，简直一日都不能等待，所以数有冒死渡河一窥上国荣景之蠢动，不意招致了上国厌烦，得到君上亲临下国为下国神明献祭和当面教诲扛人的荣幸。扛人生于贫瘠蛮荒之地，从小就受到上国菽粟滋养，至今犹记第一口小米粥下肚那热乎乎缝儿平隙满的沃足。没有上国的阿胶红枣下国妇女不能那么颜色娇人，气血两旺。没有上国的麻和猪鬃，下国的孝子至今还要披头散发地哭泣，煮羊的锅到今天也刷不干净，请神还要干起，婚礼和葬礼只能胡乱喝大酒和闹酒炸。扛人每想起上国，只有温恁、飘倏和干净利落能代表扛人心情之一二。所以扛人屡次召集军队骚扰上国，正是恬着脸向上国借福，不顾脸面乞求与上国建立友好关系阿。

烈熏问宿沙你听懂他们在说什么呢？宿沙说没。烈熏又问赤溷：你懂么？赤溷说根本没听。山戬却在那里啧啧生叹：佩服，一会儿不定怎么样呢，话先说到了。孟舞犁说有什么用呢？山戬说太有用了，二人相争，不出龌语。两个人应该这样，两个国也应该这样。最后的薄面儿一定要留，谁知下一刻哪个在上，哪个在下，到时那个被打翻在地的，哪么就剩一口气，还有个托付；在上的、占尽优势的，还有个顾让，得饶人处且饶人。高下已决，得失自见，失者未见全失，得者尤未全得，就靠这点薄面儿，他日再会，才有相逢一笑。

这时就听炎帝说：台上的意思催的明白了，只是催的脑筋不太灵活，有开始一件事没有结束一件事的能力，把军队带到这里无法解散他们，只好向台上展示一下敝国的军容，台上如果不退兵，催的将无法拒绝台上进军的命令……

《全夏书》这里有脱简，接下来记载的是炎黄二帝在云车中对话，也不知炎帝何时上的车，为何上车。另一支夹于同卷残简，有"郊……蒐"二字，脱失上下文，插在这里亦不知何意。李鼻先生考"郊蒐"为今已失传炎黄时代军队校阅曲《郊之蒐》。合理推断当时现场可能正在举行联合阅兵，二帝因此同车。因无其他文献支持，且无法合理排除此校阅不是百泉合军之后举行之大蒐，故并不为学界普遍接受。

《全夏书》记炎黄二帝车中对话亦与校阅、军事活动无涉，他们好像过去认识，在谈一个人，一件事，很隐私的一段回忆。石渠阁本《全夏书》为存世唯一西周抄本，很珍贵，毕竟年代久远，脱讹严重，部分简牍还曾遭火焚，表面碳化，读起来不接，要猜，很费劲。好像谁被狼追过，某人爬上一根竹竿，救了某人。接着又掉进一个地窖，某人在织草裙，疑似女性。某人当时完全动不了，疑似有伤。某人完全不知某人在场，老踩某人，致某人醒过来昏过去，伤势加重。这里突然插进一个女朋友，不知是谁的。女朋友要走，某人心里不答应。非常突兀的一句话：狼怎不把你叼去。后面几乎不能理解，全是残句：狼皮，块儿堆，老鼠磨牙，长满草，狸叼小，融化，竟然已。某人大喊一声：我太损了！

3

这一天余下的时间《全夏书》记载有些混乱。《轩辕本纪》记曰：哺时，华师发动，我以雹子砲拒之，华师败还。《颛顼本纪》亦记：哺时，华师发动，我弩砲齐发。赤涽执杖短接，仆。华师败还。《百泉实录》材料多一点，实录是当年战争亲历者枝蔓子孙口述，有商一代依据伊尹的命令对这些尚存于世著名家族进行了广泛征集和访问。两周板荡，《全夏书》残破，众多口录者名讳身世失落，其中又经李氏诸子删窜驯正，于今只能从行文称谓大致判断口录者所属方面：

……日昳，华师发动（李鼻按：较二帝纪早一个时辰），左军首攻。赤涽舞杖前驱，入我阵中。我当面大鸿部新五师多山民，尝以打秋枣果腹，尤善长兵（鼻按：燕北俗语：有枣没枣三竿子），辄以乱棍格之。赤涽坚忍不退，不支卧尘，为卒抢回。

复次，山戩前军弹弓兵向我颛顼部三师移动，十步内发射石棘。我三师多射夫，日闲以射鸟为艺，射工尤精，倍还之。华师不退。我三师一部突出，手抛砖强击，华师乃去。

复次，风丑之右军持石斧长棍向我常先部新四师移动。我四师多窑工、泥水匠，特长抛接砖，战时人手二砖，多列纵陈，闻鼓发作，轮替抛掷，射速不输砖砲，有人砲之誉，华师数进，皆被人砲嚇阻。日入，华师悉去，恢复原有阵形。

是日，我后队部署轻重砲兵均未发射。

李鼻按：板砖作为一种火冗物出现，始见于甘肃天水大地湾燧人氏集团聚落遗存出土一只土坷垃。此土坷垃呈窝头状，半边经火灼现暗红色，上有五指印，显而某人等烤肉起急或因没他份儿抟起一方泥泄愤掷于火中所致。时间应在素陶出现前，或同期，是泥坯和陶之间过渡物，可命之为泥砖。没必或因此泥砖惊世一现引发陶器大生产。时，人迁徙频仍，泥砖作为永久建筑材料并无应尽之用，人还是习惯挖一坑，支俩棍，盖点乱草就忍了。泥砖作为军器使用，经军火专家灌阿先生考证，应不迟于黑陶时代，作为制陶活动残次品，在草原、农地等石材并不丰富地带，人群就地进行殴斗，互掷胖击，随手抄砖应是常态。大规模装备部队，应自炎黄始。百泉、涿鹿均有大窑发现，经阿老考辨，多为夏人所建，盖因残砖依稀可见熊首写意。此数口大窑出土红砖与今日民宅砌墙之砖已无大异，均呈扁长方形，砖质疏松有蜂孔，腰部有容手处，双曲内弧，便于抓握，当地人称美人砖，又称板砖，火砖。重黎伐共工行军日志亦有记载：燕北僻地民宅多以美人砖垒砌墙垣，凸凹玲珑可喜。可见彼时美人砖仍有生产，只是不复军用。阿老指出：板砖的出现，对上古军队极其业余，手段极促狭，交战多以群殴形式进行——来说，意义重大。石器时代军队作战前首要任务就是搜集武器，故战场多选于河床浅滩，因其卵石成堆。考查百泉古战场，战争规模不似太大，三五百人互掷半日，河床即当见沙。《全夏书》言华夏设七军，未可以后世军级单位等观，考查我汉境内石器时代遗存，除良渚、石峁土方量较大，非万人不得成就，其余聚落甚少过百户，七军只是军陈之形，分头值守把瞭不同方位，七贼行亦复如是。阿老将军讲，上古地广民稀，草稠林深，千里不见炊烟，迁徙就是天天游猎，斩荆寻路，扒开草慢慢行进。农业人口编千人之师远征，吃饭无法解决，自己背——背不了多少；沿途讨夺——没人；打猎——放出去收不回来，谁知野兽往哪里跑、跑多少天，在牛马驯养、车轮发明前无从想象。牧人驱羊役鹿流动规模可能大些，有林草处即有供给，这也是牧人武装对农人部队在运动战中数量往往占优之缘因。夏人不能算完全游牧民，建元二年，阿老携马迁出塞，得匈奴左谷蠡王相国赵信接引，往勘西拉木伦河、喀左东山嘴、建平牛河梁夏先民聚落遗存，复返渔阳向渔阳守韩安国乞卒一营，在寒水、香山、玉泉诸古夏遗址下探方，深入挖掘，在最底文化层——也即夏文化层，发见极厚钙化腐殖层，经粉碎筛扬辨尝，部分沉滓为猪粪降解物。猪，重要文化标记，养猪十有八九要种地，是农林渔猎牧综合发展的部族无疑了。故其部队规模亦受文化形态约限。以百泉窑单日出砖量估算，当年在此作战人员宽打不过千。千人交战，踞有砖窑一方，应是胜面较大一方，且交战日愈久，优势愈现。阿老将军有言：判断百泉胜负，数窑口即知。

唉内喂！以上均为夏方人士对百泉首日交战之统述，未见各方战斗减员统计。可能是古之历史文献格例所限，只记大事缘由，若非名人凋零，一般无名氏不占篇什。亦大可能为上古部队组织粗劣，聚散无常，本无统计。此版本为石渠阁馆藏古本（以下称石本），人物事件及字句语序与李氏家族藏本（以下称李本），骑裆阁古本（以下称骑本）互有增减，或为世代誊录转抄听写笔误所不免。抑或确无伤亡。

李本《炎帝世家》并无首日交战片语，一开篇谈的就是吃饭问题：日出，帝振衣起，近侍进谷糜。帝曰：还是黍米粥喝着舒坦。因问：士皆得糜邪？对曰：已不复闻谷香旬矣。帝曰：那你们都吃什么呢？对曰：并不知道别人吃什么，无非是地下长的，树上结的，小子今皆具神农之慧。帝曰：今日将渡，食不甘味，奈何？遂尽出私囊，得谷斗二，曰：使七军饱食！七军奔告。食时，食毕。七军尽发奶水，行伍皆掷鬲于渡，誓曰：灭夏午食！日昳，华师尽渡，盛陈于百泉野。帝大蒐，校七军，七军萧肃。忽闻咕咕，始孤鸣，继呱噪，壮盖军吼。曰：季秋将尽，何来布谷？对曰：非布谷，杜鸡是也。曰：何谓杜鸡？对曰：腹中虫也，五谷所养，时不我饲，则鸣。帝曰：请漏刻。对曰：日昳漏尽，哺时已至。因叹：时何速欤。（鼻按：上古哺时即今未时。时，官民皆一日二餐。早饭——食时，即今辰时；午饭——哺时，即今未时。这两个时间段大约也是官定，辰时日已大出，官家才下炕，未时日落尚早，官家已然乏了，早点开饭，多吃一会儿，混到灯晚儿，或可称午晚饭。农人两头见星星，早饭摸黑，收了工才能再端起老碗，吃什么也得叫晚饭了。我汉殷富，与古有别，关中地区，三辅之内，夏收秋获无论穷富皆于日中往地里送一趟粱肉，初为加餐，鼓励快打快收，后尾儿不送都不干了。月出回屋还有一顿稀的等着，始有三顿饭说，也仅限于农忙。华师，农军，也即武装起来的农人，虽然当了兵，食物钟还是按在家嫩么走，过点儿就饿。早起喝了碗粥，又过河又爬山又整队形，都站好了，杜鸡叫了。）

帝曰：我是没辙了……《全夏书》此处有脱简。李本、石本均无此句，此句从骑本出。没辙……之下文三本皆付阙如。

华师粮食短缺问题之严重在《女英烈传》中也屡有旁及。《全夏书》各本各卷无一不有脱简脱句脱字，《女英烈传》亦在个中，故无以确定以下对话发生于何时何地：媿曰：……走得快的还是鹿肉、羊肉、羊油、奶皮、奶渣儿这些可以入口的。羊皮、貂皮也很受欢迎。大牲口皮走得慢点。獾油、麝香、象谷、土鳖粉有多少要多少。核桃板栗柿饼——还行吧。山楂糕就算了，这会儿谁还需要开胃阿！对曰：首要是盐，其次是麻，麻绳麻袋麻布，都好。猪鬃阿胶红枣老太太喜欢。海米干贝鲍鱼——姜，对！还有姜，务必多来，可以换玉。曰：嗯，这个我们也不多了，要用火砖换，一块姜八块砖。对曰：黍米能搞到么？前儿个看到你们阵中有人喝粥，把我这馋虫勾起来了，午食羊蝎子全剩了。曰：可以想办法，黄帝要吃，可以保证。对曰：我要吃。曰：你吃必须保证。对曰：这是什么？曰：我送你的，粉条，吃过么？炖肉的时候放进去，赛肉。对曰：这呢？曰：豆酱，你回去拿油炸透了，别用羊油阿！最好大油，白开水放进去，就是酱汤。什么薇菜呀、荇菜呀、卷耳呀吃着不是寡么，拿这酱一拌，再来头野蒜，嘿！能多吃两口羊蝎子。对曰：你们太会吃了。

李鼻按：参考上下文，此"对曰"者应为黄帝军中著名女将帝謍次妃简。此女与媿是好闺蜜，二女所言似涉军中黑市。古之军队，无后方作战，走到哪儿吃到哪儿，一切都要就地筹措，"贸易"一辞，首见《周公兵法》，曰：军行处即有贸易。周公净说大实话！在同一部兵法中亦抱怨：野战无民，行伍互市，商人积习，其流弊也远。甚恶之，弗能禁。这个互市讲的就是两军下层官兵之间黑市。商人即长期与之作战殷商部队。周公意思是我周部队这个风气是商人带坏的。商人部队习气可能要追溯更古早的部队，我虽然很反感，也没办法彻底禁绝。为什么禁不掉，老人家没讲，因为有需要。吾祖耳少时曾入周师服务，随王西征，一路所见周师上至公侯，下至士卒，做生意脑筋之活络，门槛之精，深为之折服。回来经常以过来人身份跟单位年轻人侃：一支部队战斗力在伍，伍在伍长。什么样的伍长最受士兵群众拥护？就是内个最能抓挠的。打胜仗最能抢，打败仗部队垮了，鞋都跑丢了，他能把饭锅背下来，什么时候身上都有吃食。耳祖最爱聊，每聊必眉飞一个小故事是六师过也不知哪儿一大漠，完全陷入绝境，大漠人穷苦且强横，手持弓棍挡在井口不给部队水喝，部队有纪律，偷抢者斩，眼看就要渴死，一位老伍长舍下脸跪求，感动了朴实大漠人，挽救了全军。

《女英烈传》记，媿与帝謍次妃在两军阵前设下私密交通站，白日为战场，入夜开展物流，夏师伍长狗咂儿者主运营。《实录》亦有相类记载：日出（即今卯时）掠阵。隅中（今巳时）大队来攻，颠踬竭蹶，仆而数起。日夕人定（这是两个时辰：戌时、亥时），败砖如垣，陨矢若棘，忽闻偶语，或见三五流影，倏尔屯聚，挟囊裌包，捉耳错肩，嗟呀间囊包易手，大快而去。此军中善腾挪有资源之能者也，习语曰：军倒儿。军倒儿夜聚晓散，仨瓜换俩枣，四犬变三羊，曰鬼市。三师伍长狗哑儿，盘踞圮垒，凡香药果米鸡犬豚羊酱，赀价平准，皆决于彼。夜半荒鸡（亦是俩时辰：子丑时）市声沸传。平旦（寅时）吹角，皆自匿去云云。

《烈传》记，颛顼曰：火砖不能给，其余尽与之。说明这个鬼市上层是知道的，也是华夏双方上层保持沟通一个管道。当日夏方最高层也就是黄帝颛顼几个人开过一个会，黄帝做了重要发言，对战争今后走向发表了指导性看法。本纪、世家均有全文记载。参照本纪，这个"当日"亦可获相应准确时日，不能准确到纪元日，止相较于百泉战重要节点，或曰转捩点：雪日。开会日后推一日，即为雪日。黄帝在会上讲，……大破现在就能大破，你瞧他们内个兵，拿的还是自个家魆的燧石，与我军合成火砖比，整整落后一个材质期。我们的开花砲都是单砲单发，就怕一个齐射，稀里哗……（本纪此处有脱字）。各位同事，我们是不是打算屠尽神农国人民？如若不是，就要戒惧，不要使其战士蒙受耻辱，世上再没有比战败之羞更令其国子孙记仇。鱼甜之战伏戏赢得战争失去妇女好感让女的到今天都不信男的——的历史教训要铭记。古来征战非乐杀，君王希望获得名声，百姓希望过好日子。各位同事，我率领你们出来与强大的神农国作战，每天都要冒生命危险，吃难以下咽的食物，睡在野兽出没的旷野，太太和孩子虽然想念却不能见面，为什么？不是我想追求不朽之名，伟大征服者。而是以战求……（本纪此处有脱字）。我日日祝祷，希望得到上天指引，使我内心刚毅，做正确的事，终于得到上天回应。昨天夜里有神降临，对我开示，上曰：人啊！你这弱者，生自争竞界，只知贪胜求强，而在我世界——平等界，通行法则是互相让渡使万物皆得圆满。（鼻按：此上曰尤见于《三坟》，今日始知出处在轩辕，或可为《三坟》天授，非智者勤思注脚。）各位同事，黄帝说，上天的旨意我不敢违背，我军虽有战场优势……（有脱句）不忍见炎帝血洗我剑使我得荣耀。我不讲面子，我也没面子！我愿意尝试，做一个强者，如平等界行事，倘若……我亦不惜……达成……就太可惜了（此处多有脱句）。请把我的心意转告炎帝，我等他答复。（鼻按：轩辕这席话是余依据李本与石本、骑本对勘草就。采用今驯言盖因三本脱漏严重，全文不全。且三本亦为周驯言而非轩辕氏所操古夏语。周驯千年之下已见峻崛，忸怩照录则句拗意荼，引人入纠轴。不得已借瓦凑荫，画眉以描睛，断不敢添足，倘有不通，语句吊诡，不敢诿过古人，文责愿负。又：

凡未标明出本脱句脱字处均为三本皆脱。）

查二帝纪，黄帝讲话无一人插话，讲完话亦再无一字交代，是篇经过整理《誓》《诰》那样的文献。黄帝心意我们晓得了，可昭日月。具体打算——请同事转告炎帝就是这番……表白么？全然不得要领。明日，战斗仍以军规模进行：有窑国主姜晏宿沙将上军居左，有仍国主姜克烈熏将下军居右，并进。夏上吊砲（华卒为雹子砲所起诨称）排击。出现伤亡报告：卒皆绣染，薰没于砖。帝使姜孟舞犁后军复进。风乍起，若大琴吼，旋尘浮攘，对面不见眉目，卒皆有惧色，乃罢。这是《炎帝世家》对该日战况的记述。

《实录》无有本日战况报道，止录有两首同题军谣，都是夜歌——夜间无眠战士所唱之歌。一为华歌，名《嫂颂》：色如樱，温似母。远若灯，近犹舞。暖中肠，亲肌肤。长夜相伴守，默默话肺腑。（鼻按：华夏两军皆有军俚，称营火：嫂子。燕北之冬，寒可凝血，部队每至一地宿营，即云叫嫂子忙起来。先烤脚，再煲水，再制羹，有天下战士宝之美称。）

夏歌名《别嫂》：年年走河南，十人九不还。父兄皆客死，独得长嫂怜。今年战百泉，碍难隻身免。下世遇父兄，代嫂报平安。也算直白无文，传为颛顼重新填词。原歌词为夏卒集体创作，粗野且涉淫，开头一句：嫂子，哥还好吗？据说十分精彩，从嫂子及笋唱起，采薇与哥相遇，野合于枣林,到嫁入哥家,哥新婚离家,应征从军,了无音讯,家中只剩嫂、弟和寡母,到弟也出征……是几代夏师战士家庭实况写照,可唱无日无夜,引动篝火环映征夫泪下。据说黄帝亦曾泪下,继而锁眉,认为此曲丧牵士气,遂命颛顼手术,尽割缠绵,只留两阕四句,取哀而不伤,死而后已之肝胆。新曲部队堂会营伎每有献唱,旧词渐渐不复闻于营伍,可是收入《万邦风咏集》传下来了。

同日,颛顼与简有交谈。烈传有记载。地点不详,大去处应是阵中,可能是一垒营火前,可能是砲楼,砲营废弃砖搭围子,又名窑子。彼时已多有这等违建。起初,对话断续,上下语不贯连,一曰上兵伐德。不知所云。二出贾人语:争利不如让利。好像是在谈诚信。三是圣女娟名句:图国不如许国。上升到治平策。四飞上天,睥睨全人类,讲的是同样收入《三坟》神仙话,上曰:我连一只瞎了眼的家雀儿都不让它饿着,你们这些有眼有手的人为什么不上树采摘果实,掘土种黍,而拿树枝互射呢?

简说我信,我信了还不成么?颛顼说那你什么时候给他带信儿?简说这不没人么。颛顼说玄儿呢,她不闲着嘛,她不在岗位上,跑回来干什么?简说不是受了刺激么,采女出事后玄儿精神一直恍惚,已多次表示不愿再去华营,看内帮人就哆嗦,实际也一次再没去了。颛顼说事情搞清楚了,经审讯华师投效人员得知,采女牺牲不是身份暴露,而是一次迷信活动的受害者。简说都跟玄儿说了，玄儿表示更不敢去了。颛顼说无论如何，今晚一定要把话带到，黄帝已经催问我多次了——什么情况阿？老头压力也很大，很多人不同意。

简说你们不是昨儿才开的会么，急成这样。颛顼说你是老人儿了，道理要再三跟你讲么？决断在黄帝，你的任务就是执行。简说擦黑去。颛顼说现在就去！你平时与魃见面都怎么约？简说还能怎么约，就是上前边喊去。颛顼说原始！

接着就起风了，若大琴吼。《本纪》《实录》均记日入有罡风，若琴吼，若游龙戏尾，遽然匍然，移石扫穴，平地就乓嘟乓嘟响。百泉残绿一时尽去，万千枯枝飞舞如抡鞭、如疯、如牙爪。营火如烛、如豆，倏一下奄奄，忽一下狂烂。七军不能举，帐、帷、旌、冕、羽、覆皮、枕草——俱拔。

烈传记简夜出见炎帝。鉴于文献保存不完整，谈话也是一股截一股截的，双方很交心，尽量把话说到位，始终有岔。

炎帝说我这儿灶倒了，鬲翻了，最后一把黍米，打的浆饭，全泼地上了。简说都可以谈，黄帝、颛顼、我，乃个层级，听凭你指定。炎帝说昨天下午我一个兵，抓田鼠，饿得等不及水开，生着就下肚了，没多会儿就吐，夜里就蹬腿了。

简说他是不是吃脏器了，脏器不能吃。炎帝说孩子不容易，都是我从山东带出来的，很能吃苦，从来都是……

简说怎么还哭了？炎帝说难过，爹是我一老长工，孩子选上兵，还给我送大葱，高兴，说孩子这回出息了，叫我不受教往死打。简说我的心情和你一样，黄帝几天不吃肉了，只喝汤。不进带顶窨子，说部队都在外边冻着，我钻窨子睡不着。炎帝说还会再冷么？简说还会，柳是最后脱绿，之后就要数九，我们这儿民谚说：一九二九不出手，三九四九拣鼻子拣手……炎帝说昂？简说我妹给你织手套了么？炎帝说什么手套？简说就是毛的，分手指能捏住刀把儿，不会织缝块狗皮也行，叫闷子。还有护耳，叫梢子。都得捂上，耳朵也是最容易掉的。我们这儿有一孩子叫罐儿，就是三九出去大便，蹲嫩么一会儿，回来一拨楞，俩耳朵掉了。还有一叫缸，四九出去小便，端着，完事往回一塞，举手里了。

简回到驻地，颛顼问她谈得怎么样？简说谈得特别好，炎帝对黄帝倡议深以为然，炎帝都吃鼠了，华师有饿死人，昨天伙房已经不开饭，兵躺下起不来，风吹一片一片倒。

颛顼说情况这么严重？简说就这么严重！我建议我们应该立即宰羊，收集皮草。颛顼说为什么？简说准备大规模接受战俘，我预估，明天——最迟后天，会发生华师整建制向我投效求食求温暖。颛顼说也就是说不需要谈了？简说谈什么？我军已不战而胜。颛顼说乐观。简说真事儿。颛顼说可以按你预估向黄帝汇报么？简说：请 帝 准 备 受 降。

翌日平旦，也即雪日寅时。烈传记：风止。日晦。白霜见地，早起人如信天翁。黄帝獭帽貂氅携颛顼风后大鸿力牧诸将至阵前，命移砲床，让出步道，以候炎帝。日出（此日出非太阳出，今卯时也），华师拔营，复陈于前。（鼻按：《军法典·野战》曰：师连战，屯后五十步。意思是部队在旷野连续交战，后方营区可设于步阵五十步处。这样白天拉出去打，晚上回来休息，不多跑路，送水送饭搬运伤员也方便，后方一旦遇袭，呼救亦迅达。这也是古人在长期战争中总结出的经验，虽为夏军典，华师亦可参比。周谚五十步笑百步，就是讲一个兵跑过营区还不停，遂为后卒笑。有周，同姓诸侯战，追骑不入营，是为礼。暴秦出，礼堕，始作生死战。）卒虽单薄，面有菜色，阵帜尤鲜明。黄帝赞曰：师老人重，犹可期也。异本作"未可欺也"。部队败了，兵还很庄重，这样的国家未来大可期待。或曰：咱可别小看人家。

未几，闻鼓，有裘服者攘臂喧哗，华师狠出。帝曰：听说鱼甜战圣女娲出降就是击鼓奏乐，以励女子不要丧志。我眼神不好，大鸿你帮我看看，内个穿很多的人是揄罔么？

大鸿说这个恐怕要找离朱看了，我这眼神，也是只见额面，不见鼻目。众将皆喊离朱。帝曰：这个时候还有北归雁么？众齐仰天，见褐鸦鸦一群，疾飞而来。力牧曰：不好！矢来也。夏卒急举盾，锅覆黄帝及众将。只听当当当当一阵快刃剁砧板，矢如苇丛。帝掸衣复起，笑曰：寡人险成臊子。旋勃然，曰：胡谓揄罔今日来降？颛顼命从人：速绑简来！

李鼻按：《全夏书》所收《女英烈传》今人一般认为不真。学者多指为商晚流行女作家九侯女渥丹伪作。渥丹出入商廷，始承欢后见弃于帝辛，尤擅刻写上古得名后妃，笔下有窈窕，结局无不梦尽失欢，为一时之叹。名著《女嫖传》《女媿传》《眉辫传》抄本周晚尚有存世，见者曰可与《烈传》互文。后俱失传。今市井所见《女嫖传》《女媿传》为更后人托名。

本纪、世家均不记简狄夜见炎帝事。惟录罡风、白霜、冻月——像擦过一样亮。月下露营华夏士卒，看到的更多，夜空有山脉一样的云，一列列南去，月却一路北行，如铅华洗尽寤寐独思女人脸，最终为云遮去。天空开始掉点儿。

平旦，冻雨夹雪，遍地黄叶，旌旐冻成墩布，支翘在杆上。火堆奄奄一息缕袅生烟，火上鬲残羹如涂，余沥如鳞。

两军士卒皆袖手跺脚，披麻缚毛，整个战场一下褴褛了。

天大亮，远山皆不见，雪如羊绒，漫天浮走，丘陵林木一夜白头。华师击鼓出战，部队如出殡，顶着大雪举幡前进，未至中线，尽成雪人。夏师砖砲机枢亦为冰雪充塞，吊绳滑不授手，握力不均，操砲间屡见七上八下者。日中雪已没膝，两军阵前浑茫一片，夏师砲兵失去射击诸元。华夏两师均发生牛皮冻脆，鼓遭击穿不得已以刁斗代鼓部队不进反退事。

实录中人有言：我们也不认识黄帝也不认识炎帝，简狄是谁从来没听说过，内个仗不是哪个做了工作才停下来，是根本打不下去，雪——暴雪，让停了。

雪日，不是一天概念，即云雪自即日迄，一直下，无分昼夜。本纪、世家记：师失其形，卒各搦战。实录人言：战什么战？就是抢砖头。初雪，地有余温，土壤未实，这时挖窨子尚可容身。二三日后，雪上吹雪，冰下加冻，木锨石锄就撬不动了。夏师连日砲击，中心无人地带绰卓屹屼，尽是废砖。一线战士都在备勤，列队站阵，没空挖窨子，到勤务解除——不解除也没办法，风太大，天太冷，老这么立雪里，都成冻梨了——没地儿躲没地儿藏，就去扒砖，搭小房，这时候跑得快着呢！眼贼着呢！也不怕冷，三五成俩，两下看中一垛砖，就扠将起来，先抢砖拍倒对家，才满抱而去。

实录人言：也不光跟老华打，老夏之间也打，也不分是谁，抢我的砖——不成！都跑串了，大雪茫茫，这大几千号人挤成一疙瘩，都想找背风地方，哪有背风地方阿！就是人家小房后影儿，接壁儿还能省圈砖。姆们老家儿，干什么都没落过人后，打仗从来都是站第一排，那是黄帝亲自提表过的"忠勤可悯",离砖头也近,头一个搭起小房,刚钻进去就听墙彭彭响,顶子噗噗掉草根,准知道有人接壁儿,听内口腔儿笔痒的笔痒的,甭问,老华!刚还一块儿抢砖呢。还不要讲是在部队,还在交战状态,搁家,人没问把梁架你们家墙上,是不是逮出去说道说道?姆老家儿暴吧?愣一声没嗳嗳,翻毛老羊皮头上一蒙——忍了。你知人在极寒中是没脾气的,穿多老厚都缩着,迎面碰见人眼皮子都不带抬的,你最好别理我!

女烈传记,荒鸡风停雪驻,下弦月出来锐若短匕,狼在山中一声声鬼嗥。炎帝也搭了小房,比别家宽绰点,中间能生火塘,四面半头砖落地,椽子是殳杆,顶子绷整张浸过桐油驴皮,上絮败草,再拍实多层厚冰雪——带坡的;讲究!

火塘黯微,炎帝捧着黑陶海碗照见自己影子,问媿:这粥你加羊油了?媿说没。炎帝说那——哪来这么大膻味阿?

炎帝迈出小房,军队不见了,战场不见了,雪地里小房傍小房,窨子挨窨子,落满积雪,被风吹出浑圆,若白蒸馍,又若大庭雪后度岁棚改区,户户有欢语,都在冒沼气,在低空形成云练,月夜晴如釉,仍在掉点儿,劈答劈答,兀突脚前啪!摔下一摊白花花——都是羊油。炎帝哇一口吐地上,嗳气哽噎,瘪着嘴对媿说:通知简,明天我跟颛顼见个面。

4

关于炎帝与颛顼这次会面，本纪记：雪日，华师灶冷，炎帝数入。入，是人家到我这里来。以本纪立场言，是炎帝前来拜会，而且来的不是一次，多次。灶冷是委婉说法，意思是没饭吃，全军断炊，这也是炎帝"数入"之缘由。

世家记过程多一点：雪日，使简数请，乃至。颛顼会，用飧。曰：天寒，勉力多进。对曰：众馁，宁独腇腇？曰：肉多，余腹可安。三请，诺。乃用筋，尽欢。讲的是大雪日，夏使简狄多次请求会面，炎帝才答应，确实是去了夏师驻地。颛顼做东，请吃饭，还不是一般的饭，是丰盛宴会。主人说天凉，请努力多吃。客说眼下我的部队饿肚子，我怎好意思一个人吃个肚圆？（腇腇，肚子吃撑凸起的样子。）主人说我家肉多，再多瘪肚子也可以填满。请求协助解决客军困难，说到第三遍，客说好吧。才动筷子，当日主客尽欢。

李鼻按：这里可能有过度阐发，三请所谓要内语焉不周，结合上文宜做宽解。上古语未必无有主宾语，书则多省。要通达古人所言何事，要言不烦，话题拧转，除参详句中语旨，还拟省察前后行状，真实世界发生了什么？有敏感、难以启齿，局中人侃侃谈彼此心照而无一字涉及今亦复如是。

真实世界随后发生华师士卒吃羊吃到吐。实录记：良家子新尝膻，不欲咽，留内苦久，俄而反哺。（鼻按：良家子，自古至汉，皆指身世清白——这清白不仅家门无淫行，乡议清正，还指世代操正业即务农且拥有一定土地——恒产者子弟。相较贵宦、军户、流民百工贾商子弟而言。上可及士，——寒士不在其列；中小地主。低可诚实正直富农、上中农。在部队多充任禁卒武卫、中下军吏，可靠且易役使。此等人家孩子从小饮食常备，也不见得多丰富。《礼记》记：士无故不杀犬豕，庶无故不食珍。这个"故"指祭飨。不到祭飨日，士家里开伙也吃不上肉，庶——包括中小地主，炒菜不能多搁油！这还是三千岁下阡陌纵横精耕细作鲁地生活水平。故华师子弟多食素，不是修道，是没条件，带得口儿偏。古早良家子还有一义：愚直自许。俗谓假正经。并不知正经为何物，学一身拘谨，乐为乡愿张目。今移锅良家妇女。）

实录尤记：雪日，白日如同黄昏，暗得睁不开眼。兵都丘小房里。起初,还有放脚地儿,后人越塞越多,连个蹲地儿都没有,都站着,贴着,前胸贴后背一个贴一个,手全举着,要么抱头,跟掉茅坑里似的。(鼻按:燕北旧俗,茅坑非单人位,乃平地一深巨方坑,如厕者四面骑踞,泄粪于下,或有男女间杂亦不为怪,曰公厕。积粪酵发,参以黄土,农家上等肥也。启发了酱油。亦多闻日久坑平,行人不慎跌入,即遭窒息,援手者急入,与溺者同亡之悲剧。)

暖和么?访者问(可能是长枞)。从来没那么热过,述者说,老人都起痱子了,汗跟河似的顺裆淌,想解手不敢动,出去就进不来,门口还排队,一个抱一个——怕加塞儿;跟等座似的,出来一个进一个。访者:那行么,都忍着?

述者:说的就是不行阿,老人一提当年就摇头,说人是最脏动物。吃羊肉放屁最臭!天不怕地不怕,就怕摊上一个窜稀的。什么时候问,就这三句话。后来部队流行一句话:宁被冻死不被熏死!访者:那就出来呗,换人家等座儿的。

述者:你太年轻了,你太幼稚,流行的话还能信?那都是让你上当的。实际情况是只有冻死的没有熏死。老人说屁暖床,屎暖房是真的,地冻三尺,生让战士用屎尿屁暖过来了。还是有人主动出去,被拉一身,上雪地打蹭刮洗,久闷其间不觉恶臭,再进来,顶一跟头。所以里边倒宽绰能坐了。刚坐下冰屁股,后来觉得湿,两手下意识刨土,盖这儿盖那儿,需要盖的地方太多。也没费多大功夫,不到下一顿

037

饭，再进来人踩一空，崴一下——下去半尺。

这下大家起劲了，老人说，也没哪个动员，也没哪个召集，沤着也是沤着，大家齐心坐呢儿刨，一会儿能伸腿了，一会儿能跪了，一会儿就——卧坑里了，此时方知新土香。

再挖，这回上叉杆——兵器了，接壁儿塌了。但是，和接壁儿窑坑通了。老人说，翻地，咱确实比不上老华，该怎么说怎么说。咱内家伙什都是猎具改的，抛射为主，人内都是农具改的，锹阿、锄阿，自带掘进功能，抠土一门灵。他们打内窑，拣直见方，带台阶，一户三层，一层住人，二层走廊，底层排污。我们通内层，一进去就是二楼，都傻了，走廊之长，之曲里拐弯，之连着各家各户，小房村，窑子街，一圈奔下来，炎帝、黄帝、颛顼，各位叔叔大爷婶子姐姐啥也瞧见了。房间多，功能就可以分区。我们这儿掩沤卧腌，几天未进热食，全靠兜里内点肉干奶渣儿叮着，人那儿烤全羊，手把肉，竟然还撞见一婶子洗脚，一姐姐洗头。我说怎么老闻见土里透着肉香，还以为馋疯了幻嗅，合着全是真的！

世家记：雪日，道途凝阻，旷原大封。师掩于雪下，丘丘然若粉冢。人皆反皮（反穿皮袄），蠕蠕然若窖羊。卒不堪燠腥，只手扞地，复决以干戈，破壁贯穴，遂成洞府，厅、堂、轩、格、灶崎岖错置，士、卒、帅、妃、帝皆得自处。由是华夏共居，无分彪侉（鼻按：彪子，北人对东夷人谑称。侉子，东夷人对北人谑称。词性中贬，近熟者呼之并不以为忤，亦多为两地人自噱），卧则并躯，食则同灶。曰合灶。

实录记：可不咋滴，叫三同呗，同吃同住同登厕。我跟你说，无聊交情除了酒肉，还有一更瘆的，一起上茅房。能一起上茅房，解衣露㞘儿并头蹲呢儿，谁瞧谁还顺眼，都不觉得丢臊，就有了最肤表坦荡，起码能一起偷东西，聊热闹了还能一起劫道。现而今你们阔了，都一人一便所了吧，交不上这朋友喽。就说这事，你说书上怎么说黄帝——得其士心？访者：专家这么说。述者：专家懂个蛋！净说不太极的话（鼻按：太极，宇宙之元，阴阳由此生焉，古之常识也。不太极，意即反常识）。黄帝，当然了，牛！威德福智，古今第一。可是，老华有几个认识黄帝？姆老家儿说了，我跟他十碴年，天天戳他跟前，都不熟，真正跟老华混成哥儿们的，还是姆们这些老夏。访者：是是，你们心通了。但是，专家说也没错，是黄帝的政策使您老家儿才有和老华一起住窑坑上茅房——露㞘儿交心的可能。述者：哦，是这样阿。

5

大雪连下七十天(鼻按:此处疑有误,七十天开春了,关照下文,似应为七天或十七天)。百泉之野化作莽莽雪原,方圆百里无鸟迹,高大乔木只余缕缕树尖,形同乱发。参加过内次战役老兵回忆说,这辈子没见过嫩么大雪,跟老天爷在天上宰鹅薅鹅毛似的。丘和涧都平了,河跟玻璃搓板似的一棱一棱的。眼瞅着老虎撵鹿一前一后扑入雪窝再没露头。来年开春发山洪,老虎狼鹿排着队往下冲,都还梆硬呢,举着两爪保持刨的姿态。还有锦鸡山雉凤鸟什么的,生前抓着内根树枝现还握在手里,羽毛艳得嘞,顷刻变成白条鸡。

百泉当年没动物,林是死林子,连声鸟叫都听不见,只有蝴蝶和蚊子,闹了蝗虫。战争好像从来没发生过,大家都成了老百姓,操心来年墒情和牧情。不用下命令,也不分老华老夏,白天所有人轮班上房铲雪,都说比翻地起圈累。老天爷还在不停宰鹅，落下来的比铲出去多，一天不到，姆们都在冰雪大峡谷里。黑下躺下睡觉都不踏实，头顶窟嚓窟嚓——咔咔的，早期搭内些小房成趟连片被压塌，整伍整什兵捂下面，身子压得死死的，只能哈气、吹、舔、狂啃——吃塌嘴唇牙上雪，露出气口喊人。睡不了觉，你这儿刚躺下，内边又塌了，困得站着、走着就做梦。建制全打乱了，华师夏师前沿部队内几个师所有营队脏铺，你问吧，我都睡过。

雪下最猛内天，大庭方面派来的信使被阻在离炎帝小房原址咫尺之遥桦树梢子上，彻夜喊人：炎帝台上！山戬大帅！我是谁谁谁，从哪儿来，现在不行了。炎帝山戬在深达数米雪下听得字字入耳。也搭人梯上去瞭望，看清找准谁谁谁方位，多次派出抢险队，举火把转圈儿烤雪，烧开水泼，整出一能抢开身位，几组棒小伙子排队轮换用石铲昼夜刨雪，想打通这百十步距离，都在将要接近就差不到十步处造成塌方，坑道被填平，转而抢救被活埋战士。

后半夜，谁谁谁叫声越来越惨，越来越微弱，后尾儿已不成句，只是啼鸣，之后就寂然了。战士们刨到树下，人踩人把谁谁谁连杈一起掰下来，死沉死沉滑溜溜，抱不住，得推着走，全是冰，人在里面琥珀似的，架火烤，半天才化开，人立刻就黑了，跟糖色炒老了似的，什么信息也没得到。

雪停了就是连轴暴风，像大胸腔吹竽，蹲墙根没白晴没黑夜练。最上内层雪冻成锅巴，硬硬的，酥酥的，从底下掏，能见亮，像毛玻璃，上面能走人，鞋底子跟驴蹄子似的，咔咔咔，直掉渣儿，也不塌。战士取雪化水，很快在自家窨子周遭开出院，可以出来活动，晾皮子，捉虱子，跟坐在龙宫里头似的，能看见怒风裹挟着雪粒波涛一般从头顶刮过，也不冷。各什伍院落掏着掏着就通了，形成一些大棚，有些对自己要求严格营队干部立刻在大棚里组织出操。各部队自发涌现互联互通运动，大棚和大棚打通，形成壮观白色广场，无数根苗壮雪柱矗立其间，托着盐一般纯净开阔冰的天窗。白天有阳光时，窗是雾蓝的，日落是紫和粉橘，夜里银河下泄最美，豆绿流窜。战士艺术家在雪柱上进行创作，把柱子雕成雪人，各种胖男和头戴花冠、怀抱稻黍罂粟俏皮少女。

雕像每天都在更新，胖男肚脐抠成屁眼，少女花冠修成老男人连络胡，肢体变得丰满妖娆。炎帝看到这些创作深受感动，心头阵阵酸紧，眼睫潮润，遂命名之：新大庭。

华师夏师还组织了几次地下艺术联展，双方战士自由流动参观，以哄笑进行评比，得奖的都是走色情路线，画风随之淫秽。炎黄二帝不得不下令：不得雕琢过甚，以免塌方。

这期间，两军高层始终有接触，在谈。谈什么，本纪、世家均无只字记载。实录中人回答直截了当：并不知他们在谈，就见他们每天搓大饭。以下记载半出烈传，半出实录。

……双方首席和谈代表是山戬和颛顼，副代表是风丑和訾，书记员侯冈、夔。因为没有成熟文字，大家都是文盲，对文字也不认可，就由画家侯冈将当日会谈内容刻成版画，作曲家夔连夜谱曲，编成儿歌进行曲，一目了鹅呱呱上口。

媿和简没有名义，但是每天必到，到了就张罗饭，添炭添水，忙这忙那。部队事儿比较多，又在抗灾期间，山戬颛顼风丑訾这几个在部队有职务的，经常刚坐下就被突发事件叫走，主谈的还是媿和简。大部分条款都是姐儿俩先碰，碰得了，再交代表议，代表们没意见，就蜡么定了。姐儿俩想不到的，代表们也不想。天灾使人们变得像难友，本来也都是有里儿有面儿的人，就怕让人说小器，说这条可全是照顾您的，就不爱听这个，别介！什么叫照顾我呀？不缺这个，该怎么着怎么着。就说这个跨国和约起始句：炎帝（以下称甲方）与黄帝（以下称乙方）经友好磋商就两国合并暨两军整编事宜达成共识如左……就争了很多天。甲方是权利出让方阿，这是有熊国向神农邦联渡让君权和军权，炎帝怎么能叫甲方呢？应该是受让方——乙方阿。这是媿坚持的。

简的意思是先者为敬，甲天干排第一，乙排二，在一般人认知中也是甲老大，乙老二，把黄帝排成甲方，会引起误解，认为黄帝压炎帝一头，这是我们不能允许的，也会给今后很多历史名词形成造成困扰，譬如说炎黄之战，炎黄时代，很顺口，叫成黄炎就很别扭，联想到谎言、晃眼和各种人名去。既然我们还在口传时代，就要考虑到上口和拗口问题，否则会妨碍流行，你们必须排第一，没得商量。简也很坚持。

情况汇报给几个男的，男的说：都有道理。訾提出可不可以就把甲方说成受让方，乙方变成转让方，变通一下？

魃说不可以！自古合同都是这么签的，统一格式，唯独你格式不同，我们没问题，在场，都知道怎么回事，后几千几万年呢，你还跟着去解释么，说我们当时是因为什么什么考虑，做了调整。这是很重大、很严肃的历史文件诶，可能就因为这一点瑕疵，人家把咱们当成胡闹，笑古人业余。这也不可怕，可怕的是考据学家据此认定咱们这个文件不真实，进而否定存在过这么一份文件，进而质疑炎黄之战是否确曾发生，历史上有没有过炎黄这两个人你说要命不要命？

颛顼说这还真是个事儿，咱们也别在这儿争了，也争不出个所以，还是请黄炎二老来，让他们自己定，摆哪儿合适。

于是就在小房村窨子街狗咂儿开的烧烤馆子备下酒肉，请炎黄二帝饭点儿来，一起聚聚。狗咂儿的烤肉当时已经在新大庭相当有名了。因为是相对封闭雪下环境，烤一笼子肉，焦烟儿没处去，胡同就成了烟道，敞开门能一路拣直灌进新大庭，战士闲得没事，吃过饭都在大庭里手挽手遛弯，这一股子一股子烟儿往鼻子眼里钻，刚吃过又饿了，都问这谁家烤肉呢，怎这么香啊？知道的就说还能有谁，狗总家呗。

当兵的就站呢儿议论：咱吃的也是肉，人吃的也是肉，怎人家弄得就嫩么好呢？有的说会烤，火候掌握得好；有的说佐料好，人家有秘方，酱就有十八种：芥酱、韭花酱、芝麻酱、豆酱、杏酱、桃酱什么的，再加上葱姜水，把肉先腌上，能不好吃么？当兵的说还真是，咱就是比人家差了酱了。

狗总有时从这儿过，大伙就拉住他——华师有不认识炎帝的，夏师有不认识黄帝的，没不认识狗总的——说：哥们儿，给弄点酱，公布一下秘方。狗咂儿说哪有秘方啊，什么都不搁，也不腌，就蘸点盐。大伙这才恍悟：人家是肉好。

华师内头已经有几拨人约狗总，和平实现去大庭开分店，店名都想好了，叫全家烤肉。这名儿还是炎帝起的。炎帝来吃过几次，很赞，平时不大能吃牛羊肉的人，觉得他们家肉没异味儿。因问狗总你本姓叫什么呀？狗总说就姓狗，我们家原来是养狗的。炎帝说狗，犬也，你就叫犬养吧。狗总说复姓啊？炎帝说哦，好像也不太好，你就姓全吧，改个字，叫全家烤肉。全总说再说，我不一定以后就干这个，车是新生事物，能改变人类出行方式，我想学修车。炎帝说也欢迎。

"全家烤"还是位置好，正处于新大庭市中心，小房村窨子街主路口，以他们内家店为地标，南城是华师，北城是夏师。十字路口，客流比较大，南城人找北城人谈事，北城人去南城看朋友，都打这儿过，进出的人都是帝阿，国主阿，给人感觉也比较高档，很多人想吃上一口，根本定不上，提前俩月圆定，没座儿。

有军倒儿看出这是个商机，紧挨着"全家烤"开了"合家烤""大家烤"什么的，这条街慢慢就形成烤肉一条街，从早到晚烟熏火燎，人走过去一身味儿，没吃也跟吃了似的。部队长期屯于地下，日常勤务也没法搞，战士闲得无机遛，单位伙食也比较单调，手里有点香料药材珍珠蚌壳的兵都爱约上老乡，上这儿撮一顿，喝点小酒吹个牛，家家生意都特好，领导也没法管，你把人都赶回驻地，他除了睡觉醒了就跟你滋事。领导心里也苦闷，各级长官也是出入烤肉店常客，能在这儿开店都有军方背景，有的店就是军官食堂分号，各师各军头儿都有自己的点儿。街南边这头更热闹一点，华师成分比较复杂，城镇兵比较多，很多兵入伍前在家就干小买卖，这会儿闲着也是闲着，就当军器当皮袄凑份子，在烤肉街周围几条胡同跟住呢儿的兵换房，腾出一间屋半间炕开一些跟烤肉配套的小店，清粥小菜呀，大庭煲仔饭呀，酸鲜奶站呀——货都从士兵食堂顺，多数有司务长参股。还一些洗头房、捏脸店和计时卧铺,门口晃着揽客的都是少年战士。

南城这边临街都开了买卖,有老板就把主意打到对过夏师营区。烤肉街北界临街内几条胡同原是三师驻地,这帮人是大爷,自己不愿意开买卖,受内份累,很多伍什就把营房租出去提成,自己一伙人搬到左近四师五师驻地各自找老乡跟人挤着住,每天去街上逛一圈,蹭吃蹭聊天,跟人吹这是我买卖。三师集合点名,要四处喊人,磨蹭一上午,凑不齐两个营,来的兵空着手,问武器哪儿去了,说在呢,现进各家店拆房掀铺往外抽戈殳,造成房倒屋塌。华人老板提意见,说我们这儿都是签了租期付了贝的,你们这么搞是违约。为了照顾两军关系,三师干部也只能不了了之。

到后尾儿——快开春的时候,华人已经把夏师所有军官食堂承包了,烧菜跑堂的都是东夷孩子,菜口味也全偏了福山菜,明汁亮芡。夏师上下不以为怪,黄帝几次吃了过油肉,放下筷子说姆,好吃。北城——夏师驻地,也住进来好多华师兵,白天做买卖晚上回屋睡觉。有几回舟毛毛听外边喊集合,跑出去一看,是华师在点名。他自己营长都不知搬哪儿去了。他哥小手也在他这个什对过支了个撸串摊,专做他们这几个什的生意。后来也跟他提,用营房参股方式跟他合伙开居酒屋。失散千年兄长张回嘴,怎么能拒?毛毛带着他的人卷了铺盖找房子,四师五师根本没地儿,房价涨得也很可怕,最后跑到紧东头陈锋部才找着一间废窑,内片房价没怎么涨，戎部没什么钱，喝了酒就耍酒疯，跑去开店华人都赔了本，全撤了。毛毛跟人好说歹说，送了人一件八成新羊皮筒子，人才答应，以后每个月圆一顿酒顶房租，全什挤进去。住进去发现还挺好，兄弟部队不少都在附近，说集合点名，跨出门全营基本就在，不用跑恁么老远了。

唉内喂，两边回去通知炎黄二帝饭点儿聚。二帝听说是全总的店，都认识，说马上过来。水漏滴过半壶，就擦把脸奔这儿来了。内时烤肉街还没蜡么热闹，南边好些店还没开，正在装修，炎帝走过来一路点头，说好好好，搞得丰富一点，一方面活跃一下部队业余生活，一方面也可以向夏方展示我邦不同风味美食，增进了解。对正在糊席子粘窗苇——此刻围拢过来的兵说：学一点夏语，尊重人家风俗习惯，介绍我们好的方面，不交流就会打乱战，了解了就会成为朋友。

黄帝已经等在高间，没落座，省得待会儿炎帝进来还得起来，立那儿背手望天。高间不像睡人房间，上面还架个梁，蒙几张皮，黑不隆冬，要采光，有风景，就拿桦木板直接立冰层下，挡出隔断，行里所谓天景房，整个天花板就是一大块纯冰。因为底下老有炭火热锅嘘着，冰上积雪早已融化，冰也显得挺透，此刻冬阳正好，像海一样蓝。全总正跟黄帝介绍，就怕这冰塌下来，每天晚上打烊都派人上去泼水。

炎帝带一帮子国主驴驴夯夯进来，两边将领互致军礼，一片振衣捶胸，胸脯子擂得乓乓响，皮裙窸窣跟撕纸似的。

炎帝跟黄帝说咱俩随意，就怎么脸朝西手拉手膀挨膀并肩踞坐下。底下人自动分两扇。魄膝行送上一组侯冈速刻会谈纪要版画，炎帝看完一幅递黄帝一幅。看画同时，候在墙角的夒一五一十吐字清晰清唱了所有会谈对话，宣叙调。

炎帝说情况都了解了。问黄帝：你的意见呢？黄帝说我的意见也是您必须摆头摞，不单炎黄要这么排，华夏也要这么排，大道理我不会讲，就讲咱俩这岁数，谁该排头摞谁该排后尾儿。炎帝说那就不争了，我摆前头。魄说可是这个甲乙方……炎帝说就不要了，谁说非得有甲乙方阿，直呼人名揄罔轩辕，还能不知道说谁呢么？魄说……訾说听当事人的，你就别多事了。魄白訾一眼，说那行吧，没别的事了。

简一招手，全总把炭盆笸子肉蘸碟什么的一码送上来。炎帝说还是要抓紧，争面子要在实际做事上表现出谦让，口头一味客气只会让人觉得虚伪，你坐在这里抠字眼，时光之狗已经呼呼拉拉跑过去了。黄帝说你们几个男的还是负起责任，不要把事情都推给女的，女的较起真儿来没人受得了。

颛顼说我来办，我起个底子，争取一首曲目内唱完。

炎帝问黄帝这个雪今年还会下吗？黄帝说还会，这才只是开始，每年寒潮都要来个十几次，到春天，草木绿了，还会再来几回倒春寒。炎帝说也就是说,明天签约,我们也走不了?黄帝说走不了,今年冬至您就踏踏实实在这儿过吧,兄长放心,我们食物储备是很充足的,每年扩大畜群就是为了保证安全过冬。炎帝说能剩下点不?黄帝说剩不下,母羊种羊是不能宰的,经常吃到最后一只羊蹄。年年开春最紧张,就怕倒春寒,母羊掉羔,生下小羊死一半,今年就要打仗。

炎帝说和我们农民一样,累一年,剩点种子。你们别光吃肉,也喝点奶。黄帝说我们净喝奶了一年,天冷的时候不出奶,不信你问她们——看魃:是不是天太冷不出奶?魃说不知道。黄帝说只能吃奶妈了。这个天气——我指大气候阿——要是不转暖,黄河以北是不能呆了,忙半年冬眠半年,成熊瞎子了。炎帝说不亲自走一趟,真不知你们这么辛苦。

黄帝说没意思,人活着没意思,连累牲畜。炎帝说嗐,不要这么悲观嘛,我们两家现在是一家,我看可以发展一种农牧混合经济,我们现在耕作也很原始,整理土地每年还是靠放火,年年发生大风转向把村子烧了的意外,大庭七年烧一次,等于七年抄回家,要不说社会发展慢呢。你们羊过来,可以取代放火,把草吃了,屎拉在地里做肥料,我们种地,你们赶着羊去给森林除草,这样多好,两不耽误,地越种越肥,森林也得到清理,你们有奶喝,我们有粥喝,冬天也不需要冬眠了。黄帝说对对对，其实我们也不用去森林，春天帮你们开出地面，我们可以回河北，等你们青苗起来，不是还需要除草么，我们再把羊赶过来，让它们去田间除草，多省事阿，把人彻底从繁重体力劳动中解放出来还能追次肥。

炎帝说你们的羊能认识苗只吃草？黄帝说能阿，羊聪明着呢，它头一次吃苗你就打它，下回就记住了。这点比人强。我们做过试验，一捆黍子一捆苜蓿，吃黍子就打，全去吃苜蓿，而且这批羊生的孩子生下来就不吃黍子，见黍子扭头就跑。炎帝说我必须为羊干一碗了，来来来，我这些天其实也在发愁阿，为怎么安置你们这一国人马挠头，都弄回去当农民，不现实，现在好了，问题全解决了，还改进了生产方式。

二帝聊得很好，大家听得也很兴奋，顶棚有点滴水，热箅子呲呲冒青烟儿，一滴掉油里彭炸了一响，简喊哎哟诶！全总，拿伞来。全总举着一捆鹿皮伞进来，说天黑就好，天黑冰就冻陶实了。俩人中间支一副，訾跟魄在一伞里，訾敬魄一碗，说刚才内个有点说话没瞧人，包涵。魄说我根本就没往心里去。简凑过来说你们俩聊什么呢？魄说我们俩啥也没说呢。简说噢。颛顼喊简！简爬到颛顼呢儿：您什么吩咐？

魄说这是你女朋友？訾说昂，好挺长时间了。魄说挺好。訾说什么意思阿？魄说没什么意思，就是挺好。訾说我们俩这都是家里介绍的。魄说我听人说你不是有媳妇么？訾说她也有别的男朋友阿，怎么啦，有问题么？魄说没有，挺好。

訾说我发现你有一种特规范笑容。魄说怎么啦？訾说没事，挺好。你冬至怎么过？魄说我还能怎么过，就在这儿混呗。訾说你待会儿干嘛去？魄说没事。訾说我认识一店，离这儿不远，往西走几步，拐弯就到，有一种山楂酒特别好喝。

魄说是内"旃弓"么？老去，店主不是你们呢儿巫咸么。

訾说我怎么没见过你呀我也老去。魄说我还没见过你呢。訾说那一会儿散了我稍绷，你先走，在呢儿等我？魄说行。

一会儿炎黄二帝忽然起来互相拥抱，拍着对方背说：下回，常聚。各位国主大帅跟包也跟着一窝猴儿出去了。

简跟訾说我跟全总还有点事，晚点回去。訾说你忙，我也晚回去会儿。又慎了会儿，找了口锅子，把盘子里剩肉都涮了，浇上韭花酱，拌了拌，一口抿了，抹抹嘴说我先撤了。

出了"全家烤"，街上已是夕照，冰窗吊顶大庭只剩最后一点橘，全打在东壁上，西边已然全灰。临街店铺陆续举火,照亮一截截街筒子,街上都是没事儿瞎逛小战士,三个三个一排挽着手,说说笑笑,东西寻摸,站在北南分界线上扎堆聊天打闹。两边墙根蹲的都是兵,也不知干嘛呢,黑着脸,直毛瞪眼瞅人。部队转入地下就按冬眠一天只开一顿饭,大致是日中天光最亮看得清碗的时候,之后天就黑了,毕竟是地下,晴天都跟阴天似的,一下雪几天不见亮,战士、食堂都管这顿饭叫晚饭。很多人也确实按在家种地放羊习惯,天擦黑就睡了。多数战士是没钱的,能去哪儿呢?睡吧,睡觉不要钱。睡性大的人能连轴睡,不叫吃饭不起来,睡得人都猫似的,醒了也眯着。大家都反映,大庭有瞌睡虫,四师有个兵,怒睡六天七夜,一举夺得全军冬眠宝宝称号。

誉混在挤挤挨挨人流里低头走着,就嫩么两步路,几拨人上来问:花儿要么?草要么?洗头么?捏脸么?买酒赠口活儿……誉都说不要!往左一拐,上台阶,进了间黑店。

巫咸这间店是个清吧,只卖酒水。因为占的是三师荡击队营棚,除了一进门有个天景厅——吧台就设呢儿;还有一系列卡座,都是原来各伍窨子改的,开间不大,墙掏墙,曲里拐弯,过去睡五个人,现在坐也就能坐两位,愣挤三位顶天了,跟拜神龛阁似的,是中下级军官爱带蜜去的地方。

誉进门看见三师前营的重、黎、吴回哥儿仨,自己师的舟毛毛,华师的合同,以及一帮华夏各师卒什长靠着吧台,一人面前一碗栗子酒，巫咸在给他们算命。巫咸算命用的是古老的《嬜易》，不但算今生还算前三世后三世，经常把人算得满身大汗，惊骇不已，用简的话说就是"吓得我紧紧抱住我自己"。此时吧台也是一片惊笑，吴回满脸涨红说瞎掰！

毛毛看见訾进来，说后边等着你呢。訾说一会儿过来，一人一碗山楂醴，算我的。山楂因为大酸，酿酒要搁很多野蜂蜜，属蜜酒，甜度高，喝着糊嘴还上头，一般夏人喝不起，主要是蜂蜜难得。巫老进山采药，熟悉蜂窝，每年趁熊不在拿竿子捅下来几摞蜇得满脸包，酿嫩么几桶，祭神、蒙大裸时候用，是礼酒，地位崇高，几类于后世我周之黑黍郁金香醴酒。黄帝曾下令民间不得私酿，也是为了保护蜂王浆，蜂窝都给捅了，好多农作物和果树当年减产。也当药，治疗性冷淡、发育不全和不孕症。跟巫熟的人家，娶媳妇聘闺女之类红囍也去讨几滴，新娘入洞房沾沾唇，一般都很顺利。其中最名贵的叫女儿红，是处女泡的，就是发酵时请处女到酒缸里拿个澡，治老寒腿。这也就是战争年代，一切为前线，都改军用了。巫咸本来也没想拿出来，还想窖着，舟毛毛这些人威胁他，要不你自个主动拿出来，要不我们就抢。

訾串了一溜龛，里面都一对一对的，黑咕隆咚也看不清脸，紧后尾儿一影坐一隔断里，站呢儿看半天也不敢认，还是魄开了口，说：我。訾一屁股坐魄身上魄给他搁下去，说瞧不见人阿?訾说还真瞧不见,伸手一搭就觉得姑娘身上热,说喝上了自个?魄说等半天了,再不来走了。訾说服务员呢,喂!有服务员么?黑里冒出一人影,说您点什么?訾说我存这儿的,跟你们老板说,他知道。一会儿游过来一盏灯捻跟瞳孔嫩么大点的灯碗,搁二人跟前,又放上俩浅碗,一只黑陶罐咚咚倒出一些坤红闪亮的液体。訾说搁这儿吧,自己来。

隔壁卡座忽然冒出一公鸭嗓说:生命不是唯一智慧形式行吗?你管神叫永生的神就暗含着神是一种生命体,就把神局限在生命这种形式里了。訾和魄俩人偷乐,訾小声说谁呀这是?魄说不知道,聊半天了。公鸭嗓说行啦,能别把自己长寿妄想投射给神么,你敢说你没这么想过?訾说我把灯碗吹了你有意见吗?魄说没。公鸭嗓说谁告你生命是最高级形式了,生命是最累形式行吗?会思想是不完善没着落的表现行么,一天不算计就对付不过去。日月是完善的,所以日月无想,该发光发光,该黑灯黑灯。神是完善的,所以神无想,创造已经完成,凡发生的都是当发生的。肉体复活你可真逗,肉体复活干嘛,小肠肛门还要不要?灵魂会死么?

魄说等会儿等会儿——听会儿的!公鸭嗓叹气:别人全有蜜,我特么非得跟你凑合。这时一直低语内位亮出烟酒嗓:你以为我愿意阿?魄捂着自己乐。訾说怎么接这儿了,闪我一跟头。公鸭嗓说我可告你阿,咱俩好归好,内事你永远甭想,不冲别的,就冲你这打通关的态度,我不能让你得计。魄一头栽訾怀里,边乐边啪啪打訾手。公鸭嗓说少碰我!

有人摸着黑来了,跌跌撞撞踢墙,烟酒嗓说瞎摸什么,有人。一女的说对不起阿。接着两只手伸进来在空中乱摁,訾憋着嗓子说有人!手缩回去说对不起,——服务员!这儿哪儿有空座阿?全有人。一男声说您再往里。俩黑影一前一后拉着手摸过去,前边女的还说:留神脚下,这要下台阶。

魄说我没听错吧,刚过去的是简?訾说你没听错。魄说男的是谁呀?訾说看不真啄。魄说我去看看。訾说我发觉你这人很有意思,对别人事比对自己的事感兴趣。魄说我俗。

訾一把扯住她:你还真去呀?魄说内底下还有一层,我去看看。訾说地窖有什么好看的,你不是神经病么。魄说我就是神经病。公鸭嗓噗一声乐了。訾手一松,再抓,没人了。

訾心骂奶奶个腿的不是个东西!坐呢儿运了会儿气,起来往前摸去。毛毛看见他说缺什么跟服务员说呀。訾说没事,我就过来呆会儿。毛毛说挨位性意思偶尅?訾说偶尅,内底下还一层阿?毛毛说对呀,你没下去过?华师弹弓一队长溜肩膀喝个大红脸凑过来说长官,跟你打听个事。訾说在这儿别这么叫,醒药。溜肩膀说行,那就叫兄弟,——兄弟,你们每天跟我们首长谈,都谈什么呢?我们这哥几个猜,说这仗打不起来了。訾说这还用猜么？我现在就是出这门，喊一声：开战！也没人站队呀。溜肩膀说那不一样，军令如地震，真下了命令，该站队还得站队。毛毛说我们打了一赌，说现在就是等雪化，雪化了各自撤军回国。訾说这不你们都知道了么。问重叔：你这给我的是什么呀？重叔说：好东西。

訾说你们没让巫老给算算呀？黎叔说巫老天天这儿算，已然失去群众威信了，准不准都让他说了，所有命都算一块去了，都会顺，也会不顺，有遇不到贵人，没不犯小人的。

巫咸擦着吧台说这就是人类共同命运呀，你们天天逼着我算，可不所有排列都出来了么。訾笑：算一生没有不准的，必须只算明天，才知准不准。巫老，我明天怎么样？巫咸说你明天没事。我推演的是常数，自然吉凶纷至，祸福沓来，你们撞的是大运，到好日子不干好事，还逮怪你们自唧个。

侯冈侯岭哥儿俩进来，带着两个二师包扎所女兵，一见訾，俩军蜜立正，敬礼。訾说稍息。问侯冈你也完事了？

侯冈说刚弄完。訾说你们可以问他，他什么都知道。溜肩膀说问他啥也不说呀，老侯，你老说发明文字，弄咋样了？

侯冈说我都发明了，你们看着还是画。溜肩膀说谁让你老让我们还能看懂呢？你省点笔划。侯冈说行，下回弄一让你们猜不透的。哥儿俩和军蜜分着喝了碗山楂酒，说我们先下去了，带着军蜜往后边去了。

一会儿又进来一帮女的,有营伎坊的,有军巫班的,都跟黎叔熟,一个见了訾喊弟,一个喊舅,一步没留,都奔后边去了。訾说合着我们军这点果儿都上你们这儿来了,我说怎么平时见不着人,师部早得直冒烟儿。跟着夔进来了,夹着镲,拎着鼓,带俩童兵营小阿姨,简单一点头就往后边去了。訾拍着吧台喊:你们这儿够深的!一帮人看着他乐:起了。毛毛说这才刚开始。跟着就听脚底下传来鼓点,訾捂着胸说我的心脏。巫咸说:你别让他在这儿闹,你让他下去。

　　第二天,訾冻醒了,眼前一片炭黑,身在圣者心境,昨儿最后一印象是在酒窖里跟一堆人暴侃,旁边趴着个拔凉身子,听呼噜是一女的,踏实了。可鼻子一嗅,一股酱味儿,心说我去!拿脚在下边一堆毛衣裳里扒拉,大脚趾勾上来一件长毛绒,盖俩人身上,假装一翻身,滚草垫子外边,可地卷一件毛氅在手,一蹬地立起来,一步跨到街上。

　　街上也是乌阗麻黑,可是人都起来了,身前左后磕肩碰腿乱走。头顶呜呜怪响,正在刮强风,平常每条街都有的几个进氧洞此刻都被雪盖得酽酽的,垂着冰溜子。拐弯见堆火,一个华妇披着麻袋片在卖炸酱煎饼,才知是南城,华师地盘。

　　回到全家烤,穿堂进后院中堂,点着一地灯碗,媿头梳得利利落落,蹲地上正在看画——侯冈新造的几个生字。

6

　　冬至快到了，可能差两天。黄帝屋里漏刻堵了，有两天滴速减慢，第三天才发现，经查是灌漏里雪水有杂质。炎帝呢儿本来也有一陶水漏，大半夜谁也没碰，旁边一杆颛顼送的铜戈倒了，砸裂了。其他国主、师帅呢儿的水漏都不太准，不是记大日子的，日常用来过事儿，譬如开会，倒过来计时；操课，倒过来计时。因为是在地下，日晷不能使，巫咸也不能连续观天象，每天晚上爬出去经常赶上没星星或云层积厚，不具备观测条件，因而丧失了预报能力，日子过的有点乱。但是不能等了，华夏两军均出现较为普遍抑郁倾向和幽闭恐惧症。华师一个步兵伍，趁夜拖木叉逃跑，天亮发现全伍一条线冻死在不足百步雪原上，看姿势正在往回爬。

　　夏三师一个老兵疯了，非要上外头见太阳，伍长拦他，拿石斧把伍长砍了。刚处理完这事，四师一个老兵又疯了，跳着脚拿杆子捅天窗，非说他妈在上头扒着瞧他，要下来。

两军也采取了一些措施，缓解部队忧郁，天好时候，以什伍为单位组织轮流上去跑步、打雪仗。夏师还派出军械专家冰雪教练去华师各部巡回，教东方人把竹殳劈成板，制作雪橇和滑雪板，带他们滑行去附近林子拣拾冻死鸟雀，追踪狐狸。有一次还抬回一只冻僵熊，说是在一棵被风刮倒老树下发现的，可能是正在树洞里冬眠，树倒了，没来及醒，就冻硬了。弟兄们把熊从口子顺下来，放在火堆旁化冻，想等热气嘘软了身子，剁熊掌。热了会儿滴滴答答淌水，熊睁开眼，正在烤火的兵谁也没瞧见，还在热烈讨论熊掌蒸几个时辰，就什么酱才香。熊站起来，对过的脸白了，背对的还聊呢，察觉不大对，一回头，被熊一巴掌烀墙上，人全散了。

熊出门沿街溜达，造成很大混乱，后来闯进赤溷军部，被卫士刀棍齐下，还是大闹一场才躺下。赤溷给炎帝送去一只蒸熊掌，炎帝吃了一口就给腻着了，说跟咽了口凉油似的。

也不光战士出现心理问题，高级指挥员之间情绪波动也很大。颛顼这么一个稳重、跟谁都很客气的人也变得特别爱急，跟夔合作创作《华夏友好同盟之歌》，几次把夔训哭，他写了词，夔作曲，提了点意见，希望改一个词换一个字以便气口更顺，颛顼就瞪眼，嚷嚷：一个字都不能动！你的任务就是把它唱出来甭管多绕口。夔嘘嘘蚰蚰用口哨给定了个调儿,唱给会议组所有人听:……第三百泉之全部有熊国步砲车工部队立即停止敌对行动,暂留原地待命。

颛顼说你去,到街上去,唱给过路人听,有一个人能学会,你就回来。简说你干嘛呀?颛顼说你也去,跟他一起,都站大街上去——你们谁觉得好听都可以参加,现在就去!不领回一个会的不许吃饭。简说去就去!跟着夒一起出到门外,大街上站着,夒独唱,简也不开口就嫩么倔了吧唧站着。

街上挺冷的,站一会儿俩人就跟地冻在一块了,夒唱得跟哭似的。魄求颛顼说你让他们进来吧,再唱下去要死人。

山戬也说没必要没必要,冻坏了,都是人才。颛顼说我又没拦着你们。魄和全总忙跑出去往回拉人,俩人都跟树似的,只弯腰不挪窝。全总忙叫人烧热水,一盆一盆往脚底下泼。夒立刻拔走了。简要拧,就不走:今儿两条腿不要了,截肢算我活该!谁劝跟谁撕巴。魄骂訾:你就干看着?訾捂着脸往回走,说:俩——谁我也惹不起。也不能看着再冻上,全总就让伙计端一盆热水出来,央个简站里边。魄说:姐,脚是自个的。过路人不知怎么回事,说怎么泡脚泡街上来了,什么新疗法?全总跟伙计说你就盯着,水凉了就给续开水。

魄又去求颛顼你就低个头怎么了?颛顼一甩胳膊:不惯这毛病!戴上皮帽子披上毛大氅,走到门外,到简跟前,说：你这儿跟谁示威呢？简闭着眼不理他。颛顼说行，你就站这儿，为你自己行为负责。自个扬长而去。风丑说这个颛顼没水平，还带僵火的。简哭得脸上全是冰粒儿。魃再来拉她，拿手乱打魃，魃捂着胳膊喊：怎么不知好赖人儿阿！山戬说这时候还用下命令么？风丑过去大喊一声：逮！抄起简倒扛着往回走，简捶他后背，风丑也不含糊，哐哐擂简屁股。

第二天，事儿捅黄帝呢儿去了。黄帝刚坐下，最近他和炎帝见得比较勤，不说每天每吧，三不五时总要见上一面，约在天景房吃个早午饭，也不带别人，就他们老哥俩，吹个牛，扯个蛋，夸一夸部下。炎帝也刚到，正脱大衣裳，简就进来了，眼泪跟热烧饼上芝麻似的簌簌往下掉，指着耳垂、脸蛋、两只手背和俩后脚跟：瞧，瞧，给冻的，都长疮了。

黄帝说不应该。简哭诉：我还说呢，有事咱屋里说行么，当着友方不合适，不介！非当着人，就显他了。黄帝说痒不痒阿，冻疮最讨厌，你今年长了，以后年年长，千万别挠，一破就留疤了。简说我已就是年年长了，您有空真逮给他提个醒，当着人不能这秧儿，咱们自己怎么都好说，现在也就是您说他还听。黄帝说我说他，一定，要不你跟我们一起吃点？简说不了，我呢儿有病号饭，都得了，不好意思炎帝台上，耽误你俩谈正事了。炎帝说没事没事，我俩也没正事。

简出去了。黄帝说一天到晚净这些破事，这个说内个，内个传这个，没一个省心的。炎帝说这种事不能太当真。黄帝说你没瞧我都不接茬儿么，我过去就是太当真，每回跟着起劲，找这个谈，找内个谈，最后我成搅屎棍子了，都说我爱背后议论人。炎帝笑：我嫩么远都听说了。黄帝说也不算全瞎说，我年轻时候确实也爱议论人，闲的，现在谁说什么我也不听了，让我找谁谈我也不谈，不搀乎。炎帝说要不要我去找颛顼谈谈，歌子嫩么费劲就别弄了，咱们俩之间把事儿说清楚就完了。黄帝说我建议你也不要去谈，他们之间内些事容易把你也搁呢儿。炎帝说我就是专门让人搁呢儿的。

热酒热锅子上来，老哥儿俩涮点木耳。炎帝说想没想过这些事都完了，找一地儿呆着？黄帝说想过呀，找一暖和地儿，一年四季都不用穿衣裳的，岁数大了真怕这冬天，稍微冷点就狂打喷嚏，你们呢儿海边怎么样？炎帝说我们呢儿这些年也不暖和了，人也偏多，不想穿衣裳逮去没人地方，更南方。要不咱俩到没人地儿再立一国去，这儿交给他们折腾。

黄帝说行阿，也别国了，太累，最好弄一岛，也别太荒，海滩比较丰富，赶海就能活着，闲人上不来，安俩椰子砲，来船就射他们，实在是不想再见人了。炎帝说叫上几个好朋友，女的让带么？黄帝说女的，实在甩不掉的，带几个吧，让她们负责拣柴火，孩子就别再生了，一有小孩，事儿又多了,就咱们这一茬儿人,死绝了算,将来到上帝呢儿去也好说,没再给世界添麻烦呀。炎帝说行,我找地儿去。

简正坐在一只筐上用热醋泡脚,手上端着个瓦盆用热醋泡耳朵,一会儿换边脸。颛顼耷拉个脸进来,走过去又走回来,对简说对不起,昨天是我不对,我急躁了,我脾气不好,请你原谅。简放下瓦盆,摸着耳垂说你脾气真不好,就应该不分人,见谁都不好,黄帝炎帝都在屋里吃饭呢,你进去,跟他们不好一次,我就原谅你。颛顼扭脸走了,走两步又折回来说好好好,我错了,我见着怂人压不住火,跟你犯势利眼,请你原谅。简说谁老帮你补台呀,昂?你生病,谁最关心你,给你找药,上山蹚河的,昂?你大爷不待见你,谁跑前跑后做工作,联络感情,递小话儿,帮你组局,谁都不支持你就我支持你。噢,今天你冲我来了。颛顼双手合掌,三拜:的儿姐!全是我的不是,您说怎么办吧,我认罚,要不我到街上站会儿去。简说你说,谁是你最信得过的朋友?

颛顼说简。简说谁对你最好?颛顼说简。你对的起她么?对不起。对不起怎么办?颛顼说罚站,您就拿我当脸盆架子,继续泡耳朵,说着解地上端起瓦盆,恭恭敬敬举到简眉前:洗洗脸,拢拢头,有点倒霉都不显。简嘴一撇:你又说我。魄从屋里出来,一脚门里一脚门外,说哟!麻利儿又缩回去。

两军联席会议决定不等准日子了，立即开启过年模式，让日子红火起来。颛顼把夔支到下面营伍教战士唱歌，说咱们内个鸡巴歌不弄了，先放一放，没人重视。叫简和全总去清点一下全军羊肉库存，看够不够节日期间开两顿正餐的。

全总说不用点，都在我脑子里装着呢，上个月圆就已经吃完了，现在还存有两千余只，主要用于供应华师各国主、我军师以上主官和维持我这里。魄说那……街上这些烤肉店的肉都是哪来的？全总说市场。颛顼说这就是小仓库效应。问简：你还记得狼城岗大撤退么，全军断炊，伙房只剩三只鸭蛋一条鱼，我下令搞会餐，结果几千人部队不但吃饱了，还吃好了，你晓得为什么？简说我晓得呀，我在呀，平时舍不得吃揣兜的都拿出来了。颛顼说这次情况也一样，部队打乱了分散住各自开伙，过去吃食堂饭量都大，连吃带拿带糟践，上多少光多少，自己开伙数着米粒下锅，都会过着呢。

风丑说这个我有体会，我内个小朝廷不是也有几张嘴，也没什么正经财政收入，大家一起吃饭就过不到年底，我把大伙房撤了，自己带头，每人回自己屋里做饭，就这么多东西，大家分一分，开始都叫，不够，不够也是它，几年下来，谁也没饿死。简说你还会做饭哪？风丑说我会呀，我做的好着呢，熬粥打卤蒸团子，你是不到我呢儿去，去我做给你吃——你为什么这么看我，男银会做饭是很令人发指的事么？

简说你媳妇呢？国母——你们叫什么——夫人呢？魃说他夫人做饭也特好吃。风丑说我夫人熬小鱼烩窝头一绝，我馋了，就约她吃饭，交换各自便当。简说你太会过了。

风丑说其实一个人吃不了多少东西，饭量就是比着一点点撑大的，俩人吃就比一人吃得多，至少你逮按点儿吃吧？

简说你连按点吃都省了？风丑说一个人么，想什么时候吃什么时候吃，高兴还一天八顿呢。山戩说关键是可以减肥，一个人能忍住，懒得做就省一顿，天天参加大局，看着肉不吃太痛苦了。简说您还减肥？您正好阿。山戩说胖，肚子大。

魃说他们老一辈都这样，越活越独，炎帝也老一人吃饭，我爸最怕我回去跟他一起吃，每次剩好多，也舍不得扔，全揣自己肚子里，把自己肚子搞大了。山戩说是嘛，你好容易回来一趟，也不能太委屈你，就会多做，自己做的剩饭最香。

颛顼说我觉得这是贵国特别令人尊敬的地方，一个社会败坏首先表现在暴饮暴食上，吃个饭搞得充满仪式感，食不厌精，跟滥交一样都犯了一个淫。我也一直在和自己食欲作斗争，苦于找不到克制办法，不得不用以暴制暴态度恶治，逮住一种食材猛吃，吃顶了算，也只能腻几天，现在从你们身上看到了希望。简说我也觉得是，每当我不知自己要什么时候，就自己呆几天，就知道自己喜欢什么不喜欢什么了。

山戩说你们小时候都背过《三坟》吧？颛顼说：我

背过。

山戬说立克台上在的时候,我们每个月圆都会把男人女人和小孩子召集起来,由祭司进行宣讲,阐释《三坟》,现在进行的少了。《三坟》说:你们不应当把食物当作你们辛苦挣来的,应当看作其他生命的祭献,这样你们就对食物有了正确的态度。你们不要感激我,要感激这些为你们牺牲的动物和植物,尊重它们,使它们在为你们奉献时保留最后一点体面,少翻动它们,让它们保持生前的样子,就像你们自己下葬一样,而不是把它们烧成恶心的漂亮样子促进你们的食欲,或只是为了炫耀。——我禁止你们把动物的头摆上餐桌,吃它们的眼珠!山戬说我们,一向以来正是按照《三坟》的教诲这样做的。

颛顼对全总说:既然不够了,全拿出来,两千只羊一次投入市场也得起点带动效应吧。全总说就怕是过节心态不一样,大家一狠心把羊都吃了,也就起不到什么拉动效应了。

简说你挣内点油鬃麻也都投了吧。全总说都在流通中沉淀了,我现在是有钱穷人,上游下游应收账全要不上来。

山戬说承蒙贵军连日供养,我军公库还有一些猪肉粉条和黍米,也请一并列入节日供应计划吧。全总说您最好去库里查验查验,有时账上有,不代表真有,我这儿粉条都是您呢儿拉的。简说谁敢欠咱们债,我去找他。全总说不用找,都在这儿呢,你没发觉最近我店里碎催多了,都是老赖把自己抵这儿了，说是拿劳务顶债，还不是为混一口饭，我最近准备把他们都开了。将心比心，人都穷了，能吃的都进肚了，剩下的都是看的。颛顼说千难万难，冬至一定要过好。

于是和山戬商量，从华师和夏师抽调一些射术精滑雪技术好的战士，组成联合狩猎队，由熟悉当地情况黎叔吴回带队，去老林子掏熊窝。入冬以来连续几场暴风雪过后，鸟兽绝迹，走不远的，一定都埋在雪下，多组织一些人，由离朱带队，上雪原冰河拉网找，把它们全抠出来。又把三师左营营长云勃孤梨找来，叫他带上他的营去寒水淖找嫘母，把部队目前处境告诉她，请老根据地人民支援，搞一些肉吃。

老云回去集合队伍，南北城摇铃喊半天，才拼凑起两个不完整的队，带着兵在胡同里转悠挨家敲门打听其他人下落又碰上颛顼，颛顼说你怎么还没走阿？不要磨蹭了，马上走。

老云带着队伍摸着黑往外拉，华师一个伍稀里糊涂跟上来，到洞口一个个往外爬，老云才发现连冒几个人都不是自己营的，出来还按口令往队里挤呢，把几个人揪出来说你们是乃部分的，怎么跑我们队伍来了？华师内几个人也挺晕的，说阿？你们是夏师，还以为是我们营长喊我们呢。上来了，空气如饮，雪景旖旎，也不想马上下去，瞎打听：你们干嘛去呀，我们跟着你们活动活动。一个兵多嘴，说我们拉吃的去。几位更来劲了，说我们加入你们。老云说道儿可远，当天回不来。内几位说不怕远。老云说那你们可得跟上，掉队不管。带着队伍下了封冻妫水，鞋底滑冰一路奔东。

老云这个营多是玄猿氏女累氏早婚氏上三部子弟，从小在寒水淖边上长大，好多人妈、姥姥就是冰舞果儿来的，刚睁开眼就被妈抱着在冰上跑大圈顺带喂奶，走路都是在冰上学的，可说是先学会出溜才迈开的腿。少年时代都在寒水冰场耍过，玩飘儿打架，参军入伍妈、姥姥给打的铺盖卷里除了柿饼核桃必有一双家传海象牙冰鞋，所以上了冰都蹭蹭的。

当日无风，天上亮亮堂堂，远远近近的雪像藏了镜子，朝哪儿看都晃你。冰面老雪酥如藕粉，百十双冰鞋囊囊滑过，刮得跟菜刀似的，能照见人影。华师内五位大哥穿着絮草老毡鞋跟在后面一步一拉胯，喊：等一等！夏师紧后尾儿断后副伍长说你们不着急，先帮我背点东西，把自己老皮袄脱下来披华兵身上，手斧哨棍系了绳挎人脖子上，自己穿着羊毛线衣背手撇臀撒着腿蹬冰而去，远远喊：在前边等你们。

过了观汀峡，队伍上了灢水。灢水来自太行、阴山、蒙古黄土高原，夹带大量泥沙，素称浑河，出观汀峡地势陡降，急转迂回于丘壑巉岩之间，所谓三里不同流，五里不同声，短短二百里河道形成数百米落差，水流如激，故曰灢。冬天河水上冻犹如一层层泼出来的高台和大下坡，是高台滑雪和花式滑冰爱好者理想运动场所。好的滑者能一个俯跃接一个空中转体，再接一个俯跃，一脚不蹬，绷直身体，靠惯性，直下二百里，一把落入京津平原。当夜月升，老云独自速滑在石景山到海淀冰坝上。因泥沙淤积，灅水入京河床高于地表，且常改道，这一年夏季没走丰台，走了海淀，绕着寒水淖形成高架路。后边冰刀夸夸响，有人切着弯道单甩臂斜么岔赶上来，老云头也没回问后边跟上几个人？这位切至同身位，说就我一个。老云平撩一眼，见这位套一毛线衣，头发眉毛全是戗茬儿，张嘴跟烟囱似的，问：最近第二集团离这噶多远？这位说没有集团，都拉了线儿屎了，我跳下最后一高台就没有人了，好多脚崴的，还有冰鞋墩碎的，我们队长——我看到他时岔着腿咧巴在冰上。老云说一帮废物！不管他们了。说着一猫腰冲下高坝，翔入有照有鳞鱼背似的大淖。

嫘母早起在冰场遛弯，和巫姑、婚夫人一帮老姐儿们刚开出一圈跑道，就见西边有人顶着晨光在冰上走，一步一跟头，卧在冰上不动了。巫姑说可能是西路逃荒的。婚夫人说不对呀，西边正在打仗，逃荒的过不来，听说都堵口外了，不会是部队来递消息的吧？自从转移到雪下老没见人了。

嫘母说快去瞧瞧，这冰川雪景的，趴下再想站起来可就难了。俩腿脚还算利索老姐儿们速滑过去，一人拎一胳膊拖回一人。这人已经昏迷，鞋底见红肉，身上老皮袄敞开支棱着，还原成羊皮。嫘母说这不是小云么，快，给弄岸上去。

老云醒来浑身热血沸腾，脸蛋被一的儿姐攥手心里狂搓，还有一双干手抹撑胸口至肚脐……老云啵儿——勃起了。

的儿姐长出一口气，抖着手腕子说酸！喊巫姑：人缓过来了，上手段。巫姑提着袍子奔老云身上跨，说你可别想多了，我这是救你命。嫘母在人圈外急得转磨，吼：问他，是他一人回来，还是队伍都回来了。老云说都回来来……惹。

嫘母一听头发根发炸，都回来了，都躺在半道上？立即跟老姐儿们说，你、你、你们拉上冰车沿途搜索，给我拾人。

老姐儿们原来也都是玩的，一帮明暗老公多年砲友也都在部队，听说全躺半道儿上了，急得一句话没有，一人挎一辆冰车直接上冰，顺着老云冰刀蹬出一拉溜白道向西猛扯，一路扯到海淀，雪堆里扒出十来个倒卧，拉了回来，都是紫的。

乡亲们哭着跑出来认人，也甭管谁家孩子了，争着把僵尸背回自家地窖子拿火煨着，拿雪搓嘚儿。下半夜，老云吐出第二句话：不不不是全部，就我们一个营。

其中一老姐姐，过去寒水一枝花说：前边一道儿都有倒卧，我们冰车满了，装不下。嫘母说这可不行，过了今晚就全废了，还得再去，就地展开抢救。

于兹寒水妇女全体动员，家家出冰车，打上火把，连夜出动，从寒水淖到瀍水大坝，百步一火堆，支上陶鬲，炖狗肉汤，火线绵延百多里，直到石景山，又救下十多位。最后一位僵尸咽下热汤说你们甭往前去了，他们都没出门头沟。

话刚落地，婚夫人亲自扛着柴火上来了，说往前延伸，不能拉下一个战士。这天下午，老姐姐志愿队又陆续在灅水坡道几处高台下发现多名骨折战士，几乎都处于严重失温状态，意识模糊。妇女们对战士进行了快速复暖，用树棍在小腿脚踝打了夹板，全身裹上熊皮抬上冰车后送。进入山区，气温较平原有明显下降，入夜后风力增强，两侧峭壁上林木断梢带着枝头积雪簌簌而下，妇女们脸都冻裂了，一个个看着笑哈哈或恶狠狠。她们将护脸羊油抹在潮湿树杈上点起一座座火堆，自己上岸背纤拉着冰车，顶着怒风继续砥砺上行。

彻夜燃烧的火堆渐渐融化了深厚冰层。破晓，氐宿出现在南天，冰上没了火堆，只见一个个黑点儿在冒烟。第一道阳光穿透山林打在冰面，一堆行将熄灭冒着青烟的余烬库插整坨沉入河中，一条草鱼蹦出洞口，在冰上扭扭身子，拍拍尾，冻成一根棍子。接着，更多大鱼从冰窟窿里高高跃出，银白色鱼肚和鳞脊在晨曦中霍霍发亮，像一道鱼的喷泉。

这天白天，太阳在女宿。黄昏，娄宿出现在南天。妇女们在观汀峡遇到华师内个伍，五位大哥全须全尾儿，守着一个冰窟窿，正在烤火，喝鱼汤，旁边一地鱼刺。冰窟窿一会儿跳出一条鱼，直接蹦到锅里。领头大哥从舌头上拔出一根鱼刺说我们是最后一拨，再往前没人了。

7

妇女志愿队打通寒水到百泉运输线,将第一架装满冻鱼冰车拉到部队,肩都见骨了。共工率领华师工程兵在百泉驻地至妫水之间融雪浇筑了两条带坡度冰道,一条上行,一条下行,下行直通雪下联勤仓库入口,这样装满鱼冰车可以直接倾倒入库,然后顺着弯道重新推回上行线,一车放回妫水,大大提高了交货效率。婚夫人请共工再去勘查观汀峡至门头沟河段,有没有办法解决上坡问题,大量青壮妇女都是在这一段累塌了腰丧失了劳动能力。共工说严格说这是个上山的问题,在目前现有条件下还很难做到登山不吃劲,如果只是运货,可以考虑设立绞盘逐级提升。对旁边技术员夸克说:小夸,你去测量一下距离和冰面受力强度。小夸说是!三大步蹿出去。婚夫人说他就这么跑——行吗?

共工说他行,他们家祖传跨栏和三级跳,强项越野。只见小夸嗖嗖没了。婚夫人说这孩子，和夸父没什么关系吧？

共工说这孩子是夸父先生八世孙，我们国全运会跑跳项目永远是他们家拿第一。婚夫人说内次悲剧到底是怎么回事阿？共工说您也听说了？嗐，内年不是大旱么，黄河渭水都断流了，我们从甘肃赶回一批羊，渴得不行，天边飞来三朵云，不知内朵云有雨，夸父是追云，看着跟追日似的，后来乃朵云也没雨，中暑而死。离他二里有棵桃树，都是干枝儿。

婚夫人说这个故事意义是说人都死于强项么？共工说是，和玩鹰的让鹰扦了眼，踢球的让球闷了一个意思。

小夸连跳带蹿跨过高台跑回来，说没问题，冰撑得住，二百里落差三百米不算陡，十里一个绞盘，仨人推，六十个人足矣。共工说你们内个寒水还有驴什么的么？婚夫人说有，还有牛，我们也种一些杂粮。共工说现在就剩搓麻绳了。问小夸：二十座绞盘什么时候能做出来？小夸说马上伐木的话，开春能出来。共工说不能等，要赶在冬至前让部队吃上肉。

婚夫人说昂，你们还过冬至？冬至早过了。共工一把捂住婚夫人嘴，对她摇头。婚夫人频频点头、扑扇扑扇睫毛，脱手长出一口气，说那可逮抓紧了，你手够腥的。共工说你睫毛够长的。对小夸说：我知道哪有整木料，背我回驻地。

小夸背着共工连夜翻回百泉。共工找到颛顼商量这事，说请授权我调动一切资源。颛顼说授你了。共工叫上一帮木匠，饶南北城找夏师内十二门砖砲。一门砖砲放在巫咸酒吧门口当条凳，一帮人上去骑着砲架哐哐敲榫。正屋里喝酒的訾听见外边人闹，出去见几个夏师砲手正和共工带的木匠撕巴，高喊怎么回事？共工让人一脚踹出来，踉跄倒退一脚正跺訾脚背上，嚆！这个疼。訾一推共工，共工反手一抡手中木槌，訾脸一偏——还是抡脸上了，脚下没根儿，抡出去。

嫘母亲自押送牛群和驴来到门头沟，把牛装在特制麻袋里挂缆绳上，共工带人亲自在上面推绞盘。牛在麻袋里吽吽叫，一只只吊上去。吊完牛，吊驴，下面几级绞盘已经是牛在推磨。驴乱蹬，把麻袋都蹬破了，露出四条腿和脑逮跟穿着游泳衣似的，在空中嘹亮喊：呜儿阿！呃儿阿！牛驴分组就位，缆车系统开始运转。嫘母坐着第一台冰车上来了。

共工说您老觉得还稳当？嫘母说甚好。共工拍手：成功。说那就开始走货吧。嫘母连忙闪一边，说我别碍了你们事。

第二车上来的是老云，挂着拐下车，乐呵呵说谁的主意，真好。第三车上来的还是人，抻着脖子往后看，一台台缓缓上行的车当啷腿坐的都是人，有老云营里兵，有寒水媳妇，前后车厢拧着身子说说笑笑，拿眼往两边山头乱寻摸。

小夸说这个麻拧的绳吊人是很危险的，不是说吊货么？共工说是阿，是吊货。扭脸看嫘母。嫘母说问我呢，什么货呀？共工做了个往嘴里扒饭手势，说：肉。嫘母指着下面蒙着眼转圈的牛驴说：这不都赶来了，在你们这儿干活呢。

共工说咱们说话可能没在一门里。嫘母说我懂你意思，部队等肉过节，这就是我们能拿出的全部，乡亲们的家底。

巫姑坐着一台车上来，笑微微朝嫘母招手喊：姐。小夸忽喊哎哎，只见绷直缆绳骤然开花，胳臂粗瞬间变一根丝，笑容僵在巫姑脸上，接着不见了，再看，人从坡上往下滚。

这一天，离朱带领拉网队传来好消息。他们人挨人成散兵线蹚过康西草原，又蹚过观汀峡，沿灅水两岸往西蹚，蹚到桑干、修水交汇处河滩离朱差点被绊一跟头，扒开雪一瞧是鹿茸尖儿，再紧着扒拉——所有人趴下一齐下手，发现无数埋在雪下麋鹿。这些鹿都是卧姿，面目安详，很多小鹿依傍着母鹿，可能是初冬时节鹿群来此饮水，忽遇大风雪侵袭，就地卧倒避风，雪一直没停，就整群葬身于雪下了。

报信的兵说他们已经清理出上千头，其中包括七匹狼三只虎，能吸引来这么些掠食动物，种群应该不小，沿桑干河往西走，脚下麻麻扎扎的，都是鹿角硬茬儿。离朱请求部队增援人手，多带撬杠、绳索和麻油，他们虎口都震裂了。

两军办公会议向全城发出动员令，各级司铎摇着铃满街嚷嚷：集合，全体集合，能动的都起来，抄家伙，去刨鹿。

华夏两军在家士卒都从屋里蹿出来，拎着叉棍在街上呼啦啦走，原编制完全打乱，就按街坊组成队伍，熟人和熟人结对儿，也傍着住不少日子了，称兄道叔，比老部队都熟。

正在店里吃烤鱼——烤肉一条街现在改卖烤鱼了——的炎黄二帝也闻声走到门口，站在台阶上看热闹，跟战士们打招呼：你们这是打狼去呀？战士们起哄：二老也跟我们一起去吧。炎帝摆着手说你们去，年轻人去，我们等现成的。

简和魄包着头巾裹着毛大衣跟俩烧麦似的一前一后出来，拥着炎黄二帝说走，一起去走走，就当呼吸冰鲜空气了。

颛顼在屋里一层一层穿衣裳，跟訾说你留着值班，我也上去看看。訾捂着半边发青脸说：嗯那。

颛顼爬上冰，遇到山戬和风丑，就和他们搭伴走。雪原上都是人，一派喜大普奔景象，所有板子都拿出来了，有人踩着滑，有人拖着走，还有一些带着轴套冰车。颛顼认出内都是兵车组件，全拆了。黄帝云车也抬上来了，卸了辂辘，倒扣在冰上，炎黄二帝坐在轴上，一帮战士在前边拉，简和魄在后边摁着俩老爷子肩膀，推着，跑得倍儿欢。

山戬说：想起秋后开镰内天了。颛顼说我们剪羊毛时候也这样。风丑说我平时在家，夏晴天儿好时候就晾被货，就爱闻被货被太阳晒蓬了内股热燥味儿，我也常问我自己，我这算什么爱好呢？今儿我才反应过来，我闻的是和平阿！

左扇白雪覆盖海坨山岭忽而腾起一片青烟，乍看还以为是雪崩，细瞅日影儿中闪烁着鲜红。颛顼说黎叔又发现了一头熊。风丑说把林子整个烧了多省事阿，还一棵一棵弄。

颛顼说点不着，只能乃棵树有熊，拣石头先把树洞堵了，再把树枝树干上雪扑搂了，在外边生堆火拿热气溜着，等树皮烘焙干，抹上獾油，再点，才能一下成火炬。小火不行，一会儿自己就灭了，费劲着呢，跟夏天不一样。

山戬说熊也是老实，热了不知道跑。风丑说人家睡觉呢，哪知道你来放火，没醒。颛顼说醒还是醒了，熊是除了人最贪图享受的，每回溜树皮就听见熊在里头翻身，估计热醒了，内时候树还没干透，就跟煸萝卜似的，先出水，冒蒸汽，摸上去烫手，里边可能挺暖和，熊挺舒服，一般能睡个回笼觉，等到石头热了，里边成烤箱了，才再次被热醒，嗷嗷叫。

山戬说石头堵不住熊吧？颛顼说堵不住，所以柴火要靠着石头点，让熊感到这边是火源，它会怎样？它会撞墙——树洞里其它方面；这时你只需要抹油，点燃树干，然后坐在一边等，等树烧成炭，自个倒下，你就会得到一只熟熊。

风丑说我觉得这世上最坏的就是人。颛顼说其实我也没干过，都是听黎叔说的，他老爱聊这种事。

仨人聊着，来到观汀峡。见一堆人围着炎黄二帝站在一个冰窟窿前，嫘母、婚夫人也在，听共工在那儿喷：我考查了瀍水下游几个河段，观汀峡这里水面开阔，出鱼量最大，日产可达千斤，我建议我们应该把力量集中在这里，可以开展水下拖网作业，一是运输距离大大缩短……黄帝说你是老渔民，听你的。嚯！又一道鱼柱喷出来，无数活泼锡亮小身子滚搅在一起，像一根紧凑晶体骤然崛起，遽然崩坏，只见漫天鱼眼鱼尾，在空中刷刷降落，砸在冰上梆梆响，埋了跟前内圈人脚踝。一条大鱼滑到颛顼脚前，翻白眼瞪他。

8

巫咸清吧里,訾和巫姑靠在吧台一头一尾喝山楂酒,各自青着半边脸。巫咸在吧台里拿鱼鳔熬的胶粘灯笼罩,抹一下,把手指头含嘴里吮一会儿。訾说你这是谁的皮呀,上面刺的内是虎阿还是狼?巫咸说猫,我一女病人的皮,她难产死了,遗嘱把皮留给我。巫咸把糊好的灯笼举到油灯火苗前烤胶,晃来晃去,猫一会儿深一会儿浅。说:女的皮做灯罩光比较柔发觉了么?当然没婴儿皮透了。訾说我认识一大户人家,他们家窗户都是拿小孩眼皮糊的。巫咸说他一定太太多吧?訾说我能把皮留给你做鼓么?巫咸说做鼓找夔呀,我不收男的皮,净是疤。訾说牙要么?我牙可全是好的。

巫咸说你呲牙我看看,行,你死时候可得保护好脸。巫姑说你们这儿怎这么静阿,都瘆得慌,寒水静吧,还能听见风走冰裂。訾说平时没这么静,人都在上头呢,城里可能就咱们仨了，平时多早晚都是回声，耳朵眼跟养着蜂似的。訾说今晚没人回来了吧？巫咸说回来干嘛，上边有肉有鱼。

巫姑说我刚下来，这味儿，呛谁一跟头。訾说老呆着不觉得。巫咸说我一会儿上去观星你们谁去？訾揉着脸说：我这样上去，再让人把我当鬼了。对巫姑说：姑，你也甭去。巫姑说我现在半边身子都是麻的，我记住叫共工内孙子了。

巫咸一手提灯笼，一手抓着筐垃圾，从后厨通天道上了冰。这一带店家都有自己出入口，上去换口气，互相串个货，撒个野尿，倒个垃圾什么的，方便，跟上自己家房顶似的。

嘿！满天星都在，中宫天极，北斗璇玑，东宫苍龙，南宫朱鸟，西宫咸池，北宫玄武……好久没这么全啦，真逮好好看看。先看军事，引颈南望，哟喝！北落之星黯弱，天军众星摇动而芒角稀少，火星凌犯北落径入军星，军队有忧患。再看轸宿，长沙星明亮，入轸中。车星芒角多，遮盖了五车之形，都是兵凶大起，无处措身之象。

巫咸心中忧虑，看来战事一时半会儿还完不了，时局还将有大变。这些星宿明明弱弱垂挂在天穹，像天上万家灯火，都是从小他妈教他认的老亲戚，他妈是南方人，旅行家，一辈子走的都是前人没走过的路，所以懂天文。他妈从极热南方沿极东海岸走到津唐湾，同行族人先后嗝儿了，只剩她一个小孩，遇到早婚氏和女累氏开战，北路阻断，就按众星指引，逆灅水西行，遁入灵山。老太太一生得空就生孩子，活了十个，还是觉得孤单，因为上线断了。老太太说还是天上这些星星亲，亘古至今就在那里，见过她故乡和所有长辈，好多星都是以她远古长辈之名命名，看着繁密星盘如看家族树。天上世界是有枝有脉的，每颗星都有自己轨迹，由此及彼，总在一个盆里转。陆海茫茫，人朝生夕死，独活于世，想抓挠点可靠东西，只能仰望星空。后来生下他们十兄妹，就按老家习惯，以天上星宿之名给孩子起名，他叫咸，对应内个咸宿，就是今天的轸宿。他有一个女祖宗，也叫咸，女咸，史上第一个煮海晒盐的人。当时世上还没车，咸来到夏师服务才见到刚发明的车，为了在新环境下保持低调，就自作主张拿车配件改了一些星宿名，车星即是如此，原来是他五妹名，叫姑星。新改了名儿还没跟他妹说呢。

西南他老家——灵山方向，小半拉天空是红的，那是人们在冰河雪原上生火炖鱼烤肉发出的光。咸想他妈了，老太太倔了一辈子，晚年灅水两岸已经有很多人类活动，公孙定燕北，山川河泽都有了暂借名，人们行脚已可以不抬头望星，靠地标判断也能到家。老太太不！定居多年，从屋前走到屋后摘个瓜还看星星。为帝做事也很烦，好多事都逮按照帝的需要重新定义，虽说黄帝人不错，譬如北宫南天群星，本来与军事无关，老太太当年指给他看时告诉他，内是桃花星群，都是他远古内些小小年纪就夭亡姨祖姥姥灵魂，也叫处女星群。处女星群西边㐅颗星叫垒，是个坏老头，又脏又色，女的都不喜欢他。垒旁边㐅颗明亮的星是垒小儿子，叫北落，北落跟女的比较好，老帮女的干活，也没啥想法，女的都拿他当哥儿们。如果北落黯淡，五星进入处女星群，就是犯桃花之象，尤以火、金、水三星桃花盛大，金星是正桃花，火星是烂桃花，水星是一夜情，土星和木星是单相思。

咸刚入黄帝军中，黄帝问他军国之事，夏人知道垒星，管这颗星叫钺星，主杀伐。咸就顺着这颗星把处女星群改叫羽林天军。北落黯淡，五星入军星，军起。火星对军队不利。金星因为部队使的都是砖头，没提。水星是发大水，下雪下雹子都算，譬如今年遇雪，就算犯水逆。土星木星对军事活动反而比较有利，部队武器比较充足，打光了随时能补充。

当时巫姑也跟她哥一起参军，听她哥乱讲很震惊，说咱妈可不是这么说的。巫咸说你真以为咱妈和星星是亲戚啊。

因为黄帝老问战事，北落明亮之时，巫咸就要另想办法，指着火星胡说：火星犯角宿，有战事。火星逆行超过两宿，停留在乃个星宿，这个星宿下分野国就有事，停留三个月，这个国君臣矛盾突然爆发，社会动荡。停留五个月友好邻邦突然翻脸进攻你。停留七个月国家丧失一半国土。停留九个月再丧失一半国土。如果一早一晚火星与该星宿同升落，这个国君主宗祀就要灭绝了。

巫姑劝她哥，不吉利话少说。巫咸说重要的是不能没词儿。黄帝问什么叫分野国，普天之下看星星，星星它——不应该在同一位置么？咸说就是算命这国家，谁算算谁的。黄帝说噢，正确操作方法应该派你给敌人算去。

有熊国刚建国，部队正规化，也曾把巫咸派到夏一师玄嚣那里参赞军事，当分管作战副参谋长。内年春荒，陈锋部进犯清苑，夏一师奉命迎战，部队按星象部署，一直憋着，不与交手，直到火星顺行才出动，果然初战告捷，陈锋部溃退。玄嚣正要下令追击，为咸所阻，说火星离开金星运行，部队要退却。并撺逗玄嚣按火星运行位置指挥部队，火星在金星之北，北方有强敌伺进，分兵拒之；火星在金星之南，南方有敌小股部队袭扰，可以小股对小股。把部队调动的七零八落，跑来跑去一个人毛儿也没见着。这也罢了，就在战事全部结束，陈锋部退回塞上，部队打扫完战场准备回撤当晚，咸观星象大哭，说部队要败亡了，师长要瓦脱了。玄嚣说你没事吧？咸指着天上说你看，金星将要追上火星，一旦追上，你就得死。玄嚣说去你大爷的吧！命令军士将咸打了，撵出部队。

回到清苑，黄帝找巫咸谈话，说我相信，你说的这些都有数据支持，历史上一定发生过火星行太白阳，有偏将战，太白逮之，破军杀将——真实战例。是，大数据能分析出规律来，人的性格呀，消费习惯呀，用于作战，为什么不灵？

你要好好想想，我也需要好好想想，一个看似普遍的规律上升到绝对真理，还应包括什么条件？

巫咸之宠遂衰。此次百泉会战，黄帝特意找巫咸谈话，告诫他：这次你什么都不要说，也不许你看天象，但凡我听到部队里有谣言，唯你是问。巫咸保证：我天擦黑不出门。

老聊军事，自己也当真了，以为星星挂在天上没正事，日隐夜行，就是为了指导人类打仗，巫咸给了自己俩耳刮子，入戏太深，你不是笑话谁是笑话！这时身后有人说：你看到了什么？巫咸回头，见月光下蹲着一个人，说您怎么回来了？以为您和他们在一起呢。这人站起来，脸被月光照亮，说岁数大了，不愿意凑内热闹了，熬一次夜，老一截。巫咸说黄帝没回来？炎帝说他也想走，走不了，我是假装上茅次溜回来的。炎帝说你看我们什么时候能回去呀？巫咸说我没看火星，我看木星呢。炎帝说木星是你们岁星是吧？今年怎么样阿？听黎叔说木星失次，超过应在宿位停在前一宿，你们大吉呀，入侵你们国家外军都回不去了。

巫咸说他现在管占星了？炎帝说昂，不是说你因为什么被黄帝抹了，现在就让他和重叔管占星。巫咸说黄帝怎么什么都跟您说呀，我是，出了点小差错，主要是太注重理论，实际操作经验有点欠缺。黎叔不懂，他和他哥原来都是看星星给动物下套，给星星起的名都是动物名。炎帝说嗐，瞎聊呗，我们最早给星星起名还是庄稼名呢，你譬如木星，我们叫豆星。巫咸说你们也拿豆星当岁星？炎帝说不不，我们岁星是麻星，就是你们的土星，主发大水和军事。巫咸说都一样，国之大事在发大水和军事，看星主要就看这两件事。你们……麻星还好？炎帝说一定是看着好才出来的，出来前我观察过麻星，它离开它本应在的瓜宿又折返了回来，属盈。出现这样星象，可以得到土地和女子——麻星也主女的。

巫咸说女的也很重要，仅次于发大水和军事，主生殖么。但是我们土星征兆解释和你们不一样，盈，所当国国君身体不太好，有性命之忧，国君身体好，就发大水。缩也不好，出征军队可能回不来，所当国国母身体不好，活不过今年，国母身体好，就发生地震。炎帝说合着怎么都不好，我们岁星在你们这儿怎么都不合适。你师父是谁，怎么教的你？

巫咸说真不是针对您，没师父，天命在我们这儿是不传的，因为涉及到国家兴亡和很多人命运，乱讲，碰到心眼小的真跟你急，所传非人，也会拿这个搞事情，都是自己乱猜。我原来不研究军事，也不关心发大水什么的，大面上说我这占星是我妈传的，走女的关心的内些事，主要还在生殖方面，桃花呀，猿粪呀什么的。(《骨辞正义》：猿粪，猿生小猿时胎里带的胎粪，不是人拉的内种粪便。古人用以比喻人与人之间一种特别古老且神秘的联系，这种理论主张太阳底下无新人，一切所遇皆是旧物所化熟张儿。)我就是混口饭，起小身子骨弱，怕被拉去当兵，只能耍嘴皮子。

炎帝说你们管占星叫天命阿？巫咸说您说到点儿上了，他们——内些胆儿大的人管失控部分叫命，闯了大祸担不起，或者努了半天白瞎了，再闪着自个，都赖天。主要也是人间事太没谱，自己想法太大，很多时候是赌，出发点还是一个含糊，都托付到了，实在还是不顺利也就活该了。

炎帝说你信这个么，但分人做成每一件事都是上天过了眼，应许他的？巫咸说过眼有可能，应他——得分事吧？也许有追认，坏事——明摆的凶恶不能背锅吧？炎帝说是哈，我也这么想，不能想象上天道德水平比我还低，指挥人杀人，还因此获赠牲祭，遭到荣耀，我犹不耻，况复天欤？得多糟心阿假如我是天，把我当什么了？

巫咸说您对天儿要求还挺高。炎帝说不能算高吧，这得算底线吧，天若不善，不如无天。我在天上，生活很有规律，无欲无求，我图你们什么呢？还不是希望你们底下这帮东西都硬硬朗朗的，安排好自己生活，别打架，尽量不要互相添麻烦，低调度过自己一生，万物都很低调嘛，你们给我弄这事。——你说呢，你要是天本人是不是也该是我这个想法？

巫咸嘀嘀乐：这话也就是您说，不过我也特讨厌别人打着我旗号办事。炎帝说都是假熟，我见过很多人，为卑鄙目的祷天，还真成了，这怎么算呢？不怕跟你说实话老弟，敝国每临大事，哥必设局请神，来是来了，这面儿咱还有，没给过一回痛快话，回回往宽了带你，这都不叫事！九霄之上、八荒之外走一趟，最后出来，面对现实，还得自个拿主意。

巫咸说都一样都一样。炎帝说是吧，也不是光我一人假骇。巫咸说我只能代表我自己，黄帝不知道。炎帝说他也不像很得要领。巫咸说您一天到晚净琢磨这事呢。炎帝说累。

他们聊到灯笼里灯碗烧干，火苗灭了，这才发现天际见白，脚下天窗透亮，可以看见全总顶着呼灵盖进来，指挥碎催把一只只鹿和冻成垛的鱼抬进来，码在墙角。炎帝说脚冻木了，我下去了，跟你聊天很有意思。巫咸说别跟黄帝说我望天儿了。炎帝笑，说：不说。就从全家烤入口下去了。

巫咸顺着一方方透亮天窗走，看到谁家有成堆牦牛毛就下去扯一把上来，一会儿顺了一大堆，在冰上脚踹手推，挪到自家入口，一猫腰全敛了下去，——又露头，把冰上散落丫丫毫毫改搂一净。远外，晨曦下，一长溜冰车，牛拉人推，啸啸扰扰往这边滚滚而来。

吧儿里，訾已经走了，巫姑趴在吧台上睡觉。巫咸坐在牛毛堆上，解屁股底下抽出一束，分成绺，呸呸往手心啐了两口吐沫，开始搓绳。

9

一根毛毛乍乍的新绳如长虫在地上蠕蠕而行。巫咸坐在重重阴影里,腿上搭着羊毛毡,闭着眼,一辫穿一辫插套打结,念秧儿:黎明,尾星在南天中……

已然正月了,新大庭还没过完冬至。部队发了大财,观汀峡打的鱼吃不了,各灶口出现严重浪费现象,吃鱼只吃鱼肚,很多鱼只吃一面就被倒掉,街上到处是鱼鳞和鱼刺,走道不留神就会滑一跤,有的战士还养了猫。部队下达命令禁止乱倒厨余,情况没有丝毫好转,地下空气腥的不得了,新开封的山楂酒喝着都跟鱼汤似的,岐伯担心春天会发生疫病。

暴风雪再次降临,上河湾埋的鹿还没起光,黄帝下令停止发掘,撤回部队,将掌子面封存,命名涿鹿。准备河开后全军转移到那里休整。寒水来的军属在新大庭过节,对夏师士气有很大提振作用,一方面使华师士卒思乡情绪加重。岐伯说这些日子去他们那里开丹砂硫磺白矾主诉抑郁乏力者明显增多,抑郁的都是华师,乏力的是我军。这种情况随妇女在驻地停留时间延长稍有扭转,经过几次会餐和自发联欢,基本恢复到冬至前水平,抑郁者我军四,华师六。有偏远棚区发生数次两军街坊小规模斗殴事件。颛顼组织人员深入南北城交界混居密集地带调研,得出结论:女性加入起到的黏合作用远大于离间。在多数混居区,平日因起居琐事和生活习惯时起龃龉两军人员,一个大嫂住进来,小伙子们骂骂咧咧、光膀子晃噔儿不文明行为大量减少。有了冲突,大嫂叉腰一骂,双方都表示帖服。有女性出没棚区,内务卫生普遍得到改善,军容军貌亦得到显著可见之增强。

风后、玄嚣在各自回忆录里都曾提及,百泉会战能得到那样一个皆大欢喜结果,很多因素起作用,自然条件限制,炎黄二帝和为贵思想,真正解决士兵群众之间对抗心理,打通双方情感隔阂,靠的还是女的。战后统计,华师战斗员与我军战斗员结成姻亲,或华夏两地民间均称为"帮套"关系者几达四分之一强。相当部分战后滞留燕北华师遣散军人原因大都为在当地有了相好,或已育有后代。对寒水沿岸不同阶层、不同收入家庭人口统计,均出现与一般大战后人口锐减情形相反之相当可观逆增长。也有寒水姑娘远嫁华联诸邦且老丈母娘也跟了去在寒水造成新鳏夫独居家庭并不个别案例。民间有北姑十室九空说法。

岐伯指导巫彭巫抵兄弟成立另一个心理干预小组，也对百泉会战期间部队中女性境遇进行了访问和统计，发现生理周期普遍提前。战前——自古以来，太阳运行到奎宿，南方天中黄昏见井宿，黎明见斗宿季节，才是发情季，今时太阳尚在室宿，黄昏见参星，几乎所有适龄妇女都承认叫过春。

岐伯老师认为是应激反应，因为地下温暖，伙食营养比较丰富，冬眠虫子亦较早惊蛰。实际情况是一等深刻演进，越往后看得越清楚，人类由此脱颖而出，进入永日动情世代，史称无穷动。男的无穷动发生要早一点，没有可靠历史记载，一般认为在树上就具备了，因为得不到合法交配机会，在那万古如长夜母系社会，一有邂逅就蹭一发，所以考查人类发情史之扬挫，样本一般不包括男性。对人类发展持激进立场，认为文化决定性情亦称文化决定论的李鼻先生经常举例此一事件自我支持。持缓进立场，认为性情决定文化伯益先生亦每拿同一事件举例持论相左，认为其中并无嬗变，女性与男性动情机制初始设定并无不同，这一次只是唤醒。认为女性道德上优于男性或男性判断上优于女性都属等类荒唐。

巫咸在他绳文著作《北大荒往事》中记载：没有风雪的夜晚，他上冰倒垃圾，经常遇到炎帝一个人在呢儿蹲着，有时在劲儿上，有时正在下劲儿。在劲儿上的时候，炎帝跟他说你要以为我否定天人关系，认为人只是偶发突变生物你就错了。巫咸说没以为呀。炎帝说那你什么态度？巫咸说没态度，听您的。炎帝指着天上说祂现在就跟我通着，住在我里面，我此刻说的话都是祂要我说的，是祂的话，请你记录。

巫咸说诶，仰脖张望：先恭喜您了，乃颗星阿？炎帝说这一切都是有目的滴……跟着忒儿——耷拉下脑逮，不嗳声了。巫咸等了半天，冻得够呛，接下茬儿：什么目的阿？

炎帝翻着白眼看巫咸，说你是谁？巫咸说我是阿咸。炎帝说以后我在里面你不要跟我说话，正交关处让你给喊出来了。巫咸说你半天没说话。炎帝说我刚才说什么了？巫咸说一切都是有目的。炎帝说这句话太重要了，我这辈子就在等这句话，无辜的人死得太多，如果没这句话，我就不知道这一切都是为什么了。巫咸说我也等着想问目的是什么呢。

二回，炎帝说……我就是目的！说完自己出来了，问巫咸我说什么了？巫咸说你就是目的。炎帝流下眼泪，说想起来了，这个话讲了不知多少遍，现在你可以作证，确实有这句话，可是我不能信哪，恁么大一个世界，为我存在，凭什么呀？我没有办法，世界也没因我变好，也没因我变坏，哥哥寄身此世数十载，对这个世界简直可以说是无力。巫咸说内句话意思也许是说，世界只是你环顾中一幅图景。炎帝说我也想到了，可是一想到我就在这图景中，哥哥就分裂了。

巫咸说也许这个我指的不是你，只是借你口而言。炎帝说是说我呢，我心明镜，祂在我里面，我就是祂，你懂吗？

这是上劲儿的时候，下劲儿的时候，炎帝就像一株吹秃了枝老树，说我就是一坏人，我犯下所有被称为罪的事，没干过也想过，如今也时时刻刻在心里对内些罪动着积极追求的念，世界若因我而存在，意义在哪儿呢？是彰显恶么？

巫咸说你还是有优点的。炎帝说你是说好心眼么？巫咸说真的，你还是挺善的。炎帝说这话说得也太滥了，讲这个话的人根本不知道何为善。巫咸说也不是不知道，只是标准低了点。炎帝说低就不是！巫咸说你太绝对了。炎帝说不是我绝对，世界本来就应是那样子，人阿！我说清白，指的是纯白，而不是掺了灰的苍白。巫咸说能不想世界么，管好自己得了。炎帝说人！我看你也管不好自己，石头能结甜果么？河水能变香油么？掉下悬崖的人，能靠自己蹬腿上来么？

这时巫姑上来找黑处解手，听到炎帝在那儿嚷嚷，吓得紧在那儿，不会迈步了。炎帝说我刚才说到哪儿了？巫咸说能靠蹬腿上来么？炎帝说我就是一傻缺，自己还在坑里，我所说的都是被命令说的，其实我跟你一样无知。巫咸说懂。

巫咸下来，巫姑埋怨他：你跟炎帝吵什么呀？巫咸说不是吵，你特么的不懂。魄最近经常也在巫吧呆得挺晚，跟大伙混得挺熟，说他现在号上你了？巫咸说也没有，就是碰上瞎聊两句。魄说你可小心，黄帝都让他聊劈了。巫咸说他原来这样么？魄说原来不这样，就是最近，也不知怎么了，突然这样了。詧说你是不是得负点责阿？魄说这事跟我一点关系没有。巫姑说灵界的事比较难拿，来的灵太杂，跟我递话，一般不熟的我都不太敢接。合同说怎么分辨内些灵阿，乃些是好的乃个不好？巫姑说教人行善是好的。

魄说教人行善也太多了。詧说没法分辨，全在自己，看他戳中你乃点了。简说相对而言，我更被感动的是什么也不说，带你巡航宇宙的，真相不是说的。魄说我也是我也是。

舟毛毛说我怎么从来都进不了你们说的灵界阿？简说你太闹，你找一没人地儿，自己静下来，多呆一会儿，耳朵里就有人说话了。舟毛毛说我一静下来，耳朵里都是你说话。简说你少废话。

有时全家烤打烊，全总和黄帝也过来坐会儿，巫咸这儿成全城下劲儿地方了。黄帝跟巫咸说：你不用担心老揄罔，他，老战士了，现阶段主要是跟自己较劲，到岁数了。

巫咸说我能说什么呀，我就是听。魄说你过这阶段了。黄帝说我也没过，我没开始呢。魄说你等什么呢？黄帝说我也不知我等什么呢。魄说这不像你呀。黄帝说不能随地随刻把自己完全敞开，这是我不如炎帝的地方。舟毛说我觉得他变软弱了。简说你是傻帽，所以你坚强，坚强同义词是狞顽。舟毛说这事不带傻帽玩是吗？魄说傻帽全走别的地方了。

炎帝说我能去你呢儿睡会儿么？祂追逐我，我回去完全不能睡。巫咸说我呢儿……行，我呢儿白天没人。

炎帝跟巫咸下到巫吧地窖，巫咸给他铺了块毡子，扔了件皮袄，上来准备编会儿绳子。炎帝又上来了，说不行，追这儿来了。巫咸说要不你就从了。炎帝说你也觉得我应该从？巫咸说我什么也不觉得，你自己决定，我不能劝你这个。

炎帝说你帮我记几句话，我怕我忘了，存在就是称颂……一低头，睡了。

下午醒来，一脸悲哀，说啥也没发生。巫咸也才醒，说昂？内什么，你希望发生什么？炎帝说我还是我，一点超能力没增加。巫咸说您想干嘛，飞起来？炎帝说讲出来你也许不信，我已经能离地一指了。巫咸说嗯，你再等等。

晚上跟黄帝说我怎么觉得他有点岔道阿。黄帝说有点岔。魍可爱一歪头：请问台上，怎么分辨谁岔了呀。简拍拍她脸说：我可以告诉你，开始练神通——神通全是练皮囊。

内些天，天一直阴着，没有云也不透光，像一块搁脏的毯子。巫咸开始还憋着一早一晚上冰观象，既不见晨星也不见暮星，后来自个生物钟也乱了，睡下是晚上，醒来还是晚巴响，日子没昏晓，多少天都跟一宿似的，所有局散不了，就是各种换地儿。巫吧这帮人估摸着到早晨了，就去全家烤吃早点，到呢儿人家已经在开午餐，就叫炙鹿肉和烤鱼，也没吃多少，就东拧西斜了，互相问待会儿去哪儿阿？

094

黄帝说没地儿去，去我呢儿吧。黄帝住的地方大，颛顼专门请共工设计，红砖铺地在全家烤接壁儿支了所大院子，分配给炎黄二帝、华师国主、夏师师以上的儿哥及其眷属居住。地下潮湿，主要解决泥和反味儿问题，风湿骨痛是最近流行症，家家通顶冰天窗，采光也好。还在全家烤之间铺了条专用通道，走过去吃叫回来吃都方便。共工把最后一辆炮车改成餐车，两头安上绞盘，需要传菜时，两组碎催推磨，锅子在厨房点上，传到帝或乃位的儿哥屋里正好开锅。

一帮人站起来，乌泱泱去了黄帝呢儿。嫘母和婚夫人也有个局，都是的儿姐，也是昏天黑地，不知慎了多少天，能全睁开眼的不多，大都窝地上着了。婚夫人拿草棍支着眼皮，看着就丧。嫘母描直坐着，摊手耷拉着脑袋，跟死了似的。

黄帝领着一帮人进来，屋里人都活了，两局合一局，互相偎着。婚夫人跟黄帝说这局必须有新人。巫咸问嫘母炎帝干嘛呢？嫘母说刚来坐了半天，给大家聊困了，又走了。巫咸说我去看看他。嫘母说你去，他家出这门往左隔两个门。

巫咸出门，数了俩门，推开一门，里边是国主局，炭火烧得倍儿旺，一帮老爷们光着膀子浑身滴油望着他。巫咸说对不起走错门了。下台阶拿眼找到黄帝家门，数了两个门，一推门，还是一帮老爷们。巫咸脑逮方了，心话怎么回事阿？量着步走回黄帝家门，再挨扇推门，一扇推不开，一扇推开里面是玄嚣，坐铺上靠着一堆熊皮望着他。巫咸说骚瑞。带上门来到第三扇门前，上台阶一推，还是内帮老爷们。风丑晃上来说你怎么回事阿，老推我们门，又不进来，都蹽进风了。巫咸说我找炎帝。风丑说不在！把门摔上。巫咸心话我特么就乱来了，随便朝一门一撞，炎帝迎着他说：时间可能不需要一个开端。巫咸说昂？炎帝说法则都有边界，杀人和淫乱内个罪更大？巫咸说呃……炎帝揪住巫咸狂摇，喊：什么是至善阿？这时就听咔一声，像是什么巨大事物裂了。

10

内天夜里,新大庭醒着的人都听到一声巨响,来自头顶,具体什么方位不大清楚。睡的人也都冷孤丁醒了,只觉静得震耳,肝有余悸,犯会儿憷,扑撸扑撸身子底下又睡了。

白天一天没人抬头,临到灯晚,全城举火,点火碎催一抬头,瞅见头顶冰窗从这头到内头切出一道大裂,跟坛子底炸了似的,站底下舔鼻感受,没风。碎催也没嗳嗳,踮脚点燃下一个路灯碗。走一路,冰裂迤逦歪斜跟了一路,擎不住老抬头,碰到下一个碎催,也磕头虫似的走道,俩人凑一块堆望天,过路的也跟着望天,很快一街筒子人人仰脸。颛顼正蹲屋里低头想事,嬎仰着脸进来,说你瞧见冰缝儿了么?

这天晚上冰上刮风,风声好像比平常真灼了点。灯碗火苗还是直的，大家都觉得寒气嗖后脖颈子，脚下有明显空气流动，能闻到混糜着土腥雪味儿。各部门派人上冰走了走，在外头倒瞧不见冰缝，原地起跳双脚夯地连蹬带踹，冰面很缸实，底下反映没掉下什么来。上去的人下来说看见月亮了。

夜里风大起，嗷嗷的，出来玩的女的都围着毛领，大家说这有点像过冬至了。早早钻被窝的颛顼夜里忽然醒了，内心受到震动，他才做了个悬崖坠落梦，以为是那坠落引起的心悸，埋脸再睡，听到咔一声，立才想起就是被这声巨响撼醒。男男女女从屋里跑出来，光腿披大袄，黄帝高举火把观察晦暗天窗，厚厚冰层内中像长出一株老树，干枝奔逸。

夜里，冰一直咔咔响，颛顼躺铺上看天一点点破晓，内株老树生长，分丫，变幻蛛网。再也绷持不住，蹿起跑出屋。

黄帝巫咸一帮人刚从冰上下来，巫咸跟颛顼说看见斗宿了，此刻在南方天中，应该是二月不知内天了。

第一滴水是从全家烤灶间滴下来，内口锅昼夜翻滚卤煮牛肚黄喉肥肠，是凡下水都往里搁，老汤可以追溯到寒水码头南客最初内口羊汤。是全家烤工作餐，碎催拿它叮时候，亦深受穷苦战士欢迎。部队还是有苦乐不均现象，编制打乱后，有各种原因可能是太二或太精受排挤战士流落街头，口腹不继，捧着瓦钵上各家买卖打汤，各家买卖也都有舍汤窗口，卤煮排队比较长，在混得比较背的人里有口碑。老汤渺渺不绝热气噷得冰窗一层白腻，皆是羊尾油，也净拉着黏儿往锅里滴，密的时候跟涨奶似的。厨子不以为意，都是一锅出的。还是食客发现汤稀了，喝出生水味儿，还拣出草棍，再抬头，见天了，冰窗化了多半匝，出了窟窿，跟出汗似的结满水珠，滴滴答答成线儿往下掉。

第一道阳光打在红砖地像谁扔了一地橘子瓣，嫘母还真弯腰拣了一下，手指头戳得生疼，抬头金针入眼，喊了声哟喝！出老阳了。

颛顼站在冰上搭眉望日，说太阳在奎宿，可不二月了么。黎叔说你瞧见没，脚印，狼下山了。库擦！前方一块冰塌了，地下一片狂喊：哎哟诶！黎叔说我去瞅瞅，拍着谁了。扭着结实翘臀匍匐爬到窟窿跟前一探，简在底下仰着红扑扑小脸奔上瞅。黎叔喊拍着没有啊？简喊溅一身，刚上的锅子。

没到中午，全家烤塌了，接着烤肉一条街塌了。幸亏人闪得及时，没捂着人，只剩下一间间堆满冰碴儿木版隔断，拍得哪儿哪儿都是的肉片、整鱼和陶鬲石锅。没人下命令，部队踩着碎冰茬儿汹涌往上跑，人人杀着老皮袄，抱着瓦钵陶罐，凄惶望着依旧是白茫茫一片冰雪大地，围着颛顼问我们住哪儿阿？颛顼转着圈看四周山：山上也不能去，雪化了是山洪，要防止发大水，要扎筏子。共工说现采木，让全军上筏子不现实。黎叔说你们考虑过雪不会一下子全化了这个问题没有？巫咸说还是要看气温，太阳不要再热了。撸袖子伸出光胳膊，立刻起了一层鸡皮疙瘩，缩回袖筒说还行。

午后，太阳没了，地面刮起小风，化成烂泥的雪又凝成冰坨子。大家缩脖子跺脚说今天晚上应该能过得去。共工的工兵拿木槌把已成玻璃的薄冰都敲下去，新大庭成了一条条坑道，黄帝站在露天红砖地上跺着脚说敞亮。坑道里重新生起火堆，当兵的都跳回自己熟悉街道，很多人后悔走的时候把窝拆了。山戬风丑来找颛顼问这雪什么时候能化？颛顼说你们想走了？山戬说我们非常后悔来这儿。颛顼说我建议你们最好再等几天，见着绿再走，春天二月雪也是很冰脚的。

黎叔说你们想过走海路回国么，你们工兵嫩么强。山戬说海上好走么？黎叔说至少不必考虑春汛把部队冲散问题。

山戬说河——不也最后都入海吗？黎叔说可是海并不会因此增容，你们可以免去见一条河造回船，在河与河之间扛着船行军麻烦，你们不是很多人原来是渔民么？山戬说我们呢儿离海还有小段距离。风丑说咱们是困在这儿了是吗？

颛顼说只需要再等一个春天，夏天路上比较干燥，可以考虑再发明一个节叫春节。风丑说别！我现在一听节就恶心。

其后几天，天一直阴着，气温上升，土鳖老鼠都从土里钻出来，在坑道里乱爬乱咬。白天夜里山里轰隆隆响，北风吹来雪花飘着飘着就成飒飒雨点。海坨之巅积雪一夜融尽，峭岩绝壁瀑挂如炸。远外河上杂树林子绿烟笼绕，一丛丛灌木开出蜡蜡黄花。桑干、修水上游大水托举着浮冰漫漫磊磊下来，在观汀峡形成夺目冰坝，瞬间垮坝，奶水泛滥于两岸。

部队被分割在百泉之野几个围堰，连日抗洪。黄帝炎帝都跳进水里与战士手挽手组成人墙抗击一波波来袭洪水，脖子上一冬所攒老皱都被洗净。颛顼左挽风丑右挽山戬被浪冲得站不住脚，扯住这个倒下内个，脊拧骨还有简和魄轮番撞上来，感觉胳贝已脱环。风丑在风雨中高喊里外水一样平了，这样的人墙还有意义？颛顼喊不是挡水，是防被冲走。简和身后巫咸吵：你老咬我干嘛？左挽嫘母右挽婚夫人的巫咸吐出口中水喊：又不是故意的。魄喊：请收起你獠牙！

部队像秧苗一样栽在水里，露着嘴，一行行，一排排，泡了两天。随着水一点点渗下去，人们这才发现自己赤裸裸，腿一软坐泥里，一点改姿势劲儿都没了。百泉遍野一片枕藉，随同树枝砾石留在泥里的还有鸟兽乌黑胀鼓尸体。

11

桃花灼灼，玄鸟衔泥。田鼠变为鹌鹑，鹰变为布谷。黎明时牛宿在南方天中，白天太阳在胃宿。共工日夜奔波在群山里，为部队寻找燧石。经过开春洪水漫灌，部队装备尽皆损失，亟待重新武装。这一带山体裸露岩层多为火山凝灰岩和角砾岩，石质疏松，不适于打磨石器，共工十指抠崖取岩已鲜血淋漓。他钻出女贞核桃杂木林子，向阳山坡开满杏红雪青杜鹃，像花溪流。天上啾啾禽鸣，飞过一队队北归候鸟。有些雁肚腹画着黑圈和白杠——那是雁报，神农诸邦独有通信方式，一种古老的二进制密码，据说是圣女娲发明，不知她要和谁联络，原理是依据鸟书字母，对应不同数量和颜色圈杠组合进行拼音，跟八卦卦象有点像，据说因此启发了伏羲不知真假。具体操作张网捕捉整队大雁，将每只雁肚画上白圈或黑杠，顺序不能乱，然后放飞，一句短语要一行雁才能说清楚。接受信息方也非常累眼，要努力望天，连猜带蒙，中间一只雁掉队，意思经常满拧，故只能在春秋两季北雁南归和南雁北回时使用，且系单向通报，回信只能等来年。神农诸邦掌握此遥感技术应承自燧人。譬如九只雁飞过，三只白圈，三只黑杠，三只白圈；意思是救命。

共工立在风声如灌山顶，仰望雁群，喃喃流下眼泪。他不属通信部门，密码不熟，只拼出蚩、帝、蒙大几个字。

百泉之野，部队呈散兵线分散在糜烂如渊油绿中，溺水一般久久沉沦。近看都在低头拣砖，扒拉浅埋土中石斧木殳。

舟毛毛带领他内什弟兄赤膊背绳从淤泥里往外拖一根滚满蚯蚓长木料——可能是一根砲梢；嘴里喊着号子：弟兄们加把劲儿诶，哎嗨嗨哟诶！正在河滩灌丛晾晒狐裘熊皮拿小棍掸土的魃搭眉望天良久，忽然奔向温泉沟北几座茅寮。

两军高干会议正在温泉沟草坡召开，离朱抱着一只伤了膀子大雁在做汇报：综合几天观察所得雁报，南方来了一支庞大独木舟舰队，由云梦泽经淮河入泗水登陆大庭。这舰队扛把子是九黎国主蚩尤，随行还有其他南方诸侯。他们入城后不顾全体神女抗议，在北方诸侯缺席情形下，于神农坛非法举行蒙大裸暨选帝侯大会。由楚巫少司命降东皇太一，口传神谕，废黜揄罔，加冕蚩尤为神农邦联九世炎帝。最新一份雁报显示，僭帝蚩尤已对炎黄二帝下达讨伐令云云。

黄帝面孔很严峻，前日，洪水退去返回寒水的嫘母派来长跑通信员，亦告之不祥消息，津塘湾十五大潮，有大批独木舟抢滩，下来一支黑人部队。这支部队赤足穿草裙，操外语，配备竹矛吹管，四肢细若柴棍，奔跑敏如羚羊，有极强长途越野能力，可以不吃不喝竟日小跑。我驻津塘湾女子守备队向其喊话，打哑语询问你部番号所来目的，未得回应，即遭吹管射击麻醉，全体瘫软被俘。目前该部正沿灅水蹑足而上，已逾通舟角。我寒水军民正紧急闭户坚壁，撤往香山。

黄帝说可以判断这是一支来自热带界刚到达本大陆的移民部队。听老人说，当年她们离开热带界时，村子里一户邻居就没走酥利士地峡，剖木为舟在节八提海隘下海，沿阿乐百海岸向东航行，这么几万年过去，也应该到了，人口发展成一支部队也不奇怪。目前尚难判断这些人是独立行动还是已归蚩尤，是蚩尤整个行动一部分，乃样都不是好消息。

山戬说我听说过这些人，我们呢儿老人也老说，共工没在吧，他最清楚，再早——神农之前，魁隗世系第一位炎帝女蓬就是从海上来的，带来恩卡神、火和造船术。共工就是这位女蓬嫡传后人。魁隗氏炎帝前六位都是女帝，到末帝，——共工老祖帝魁时代，潮流变了，才不得已推出男帝，但是晚了，因为我们到了。黄帝说你们是哪儿的？山戬说不好意思，我们也是你们热带邻居从节八提下海这户人家甩的籽儿，都是男生。当年内帮女的不带我们玩，生下男娃就抛弃在沿岸次大陆和各种半岛海湾，我们是被抛弃在北部湾内组，从呢儿进入内河，沿东流水系西江湘江什么的，划树干进入云梦泽，再沿蚩尤进军同样路线到达大庭，见到老乡——内帮女的，一个都不认识了，什么这个那个，别来这套！在我们这儿一律没面儿，对我们太不好了！我们不理她们，我们种稻子，她们问我们是哪儿的，我们说我们就是这儿的，我们叫神农。

黄帝说蚩尤也是这里的？山戬说蚩尤跟我们一头，都是遭嫌弃男生，跟我们一起在北部湾登陆，到云梦泽分的手。老蚩尤就留呢儿发展了。我们家继续往上走——我说的这可是几千上万年的事，没人想走，只是不知道自己在哪儿，每天看星星，星星老在同一个地方，地上可差出天南地北了，自个也糊里糊涂，以为就在跟前转转，怎么就转到北边来了。

黄帝说那不对呀，你们这都到多长时间了，怎么还有刚到的？山戬说我听蚩尤说阿，去年我们邦庆他不是也来了，哦不是去年，是早年，我们这位炎帝台上受命，欢送七世炎帝立克——蚩尤不是来了么？他说这几千年，又从老热带界出来人了，听说内边大旱，红海见底，又好几户出来了，到这儿成部队了。蚩尤前些年净南征，堵在西江口收编内些新到部队，不从就驱离，把好些人逼进十万大山，跑到云之南还追赶人家，听说都给撺世界屋脊上了，不让人出来，弄得人至今还在屋脊放羊，他势力倒大了，人口暴增，也就这几年，过去他不行，也许津塘湾登陆的就是他新收编部队。

黄帝说蚩尤这个人很离谱。问炎帝你老什么意见？炎帝说多少人默默生活在世界角落，怎能说是你功劳？黄帝说呃……炎帝又说创造了这一切为何还要勒索这微不足道的感激？黄帝说他没在这儿。问颛顼：部队恢复得怎么样？

颛顼说人是都歇过来了，装备还不凑手，目前主要是石斧缺乏，伐树困难，只能撅树杈，此地河滩卵石多为鹌鹑蛋大小，适合投掷，我准备多做弹弓。黄帝说来不及了，也不要分内个部队了，命令有武器战士集中，重新编伍，沿灅水向东布防。另外派出一支队伍，向南警戒侦搜，此次蚩尤北来不会只走海路，陆路也应该有部队。其他徒手人员立即撤往涿鹿，取土烧砖，争取出一个月圆时间我们就主动。

两军高干会议第一次以炎黄部队名义发出指示：停止休整，进入一级战备，所有人员按手中武器斧、棍、弹弓类别向赤溜、力牧报到。徒手者向风丑报到，按拳脚功夫立队。

经过一夜整编，新组建炎黄一师斧棍旅在赤溜力牧率领下涉过妫水，前出观汀峡河口。合同毛毛率领弹弓营也相继出发，向延怀盆地以南疾进。余众彻夜焚庐转进涿鹿。

黄帝指示指挥部分为两组，颛顼率大部人员转移，他和炎帝率精干人员暂留温泉沟不动，靠前指挥。颛顼请求自己留下，黄帝对他说生产砖也很重要，事关全军存亡，必须你去我才放心。颛顼留下新编拳击师散打营担任警卫，乃去。

黄帝高举双手慢慢浸入温泉，说还是要做两手准备，如果蚩尤现在到，咱们只能这样了——这水也不热呀。巫咸说也就比体温稍高一点，泡一会儿就觉得瘆人。炎帝说蚩尤就是个傻子，比我岁数都大，还弄这些事。黄帝说你老醒了？

炎帝说我一直醒着，你们说我都听着呢，你知我想什么？黄帝说不知道。炎帝说万物互相较劲。黄帝说还是没在这儿。举起两个水淋淋的拳头，对泡在水坑另一头山戳说：还是要准备谈。山戳蹲着划过来，说什么？黄帝说蚩尤大约母是一什么人，据你了解。山戳说其实我跟他也不是很熟。

黄帝说好交么这人？山戳说也是见什么人说什么话。黄帝说那可聊阿，听人劝么？山戳说也是越劝越来劲内种，挺爱吹的。黄帝说乃方面呢，才艺、慷慨、耿直、女朋友多？

山戳说精神优越，比较爱用的词儿是洁净。黄帝哦，那比较可怕。炎帝说爱泛泛的人，不爱具体人。黄帝说那不跟你一样么？炎帝说我是爱具体人，严重质疑泛泛的人。

黄帝说你们都算极端分子。炎帝说我跟他是两个极端吧，他自认离神最近，经常拉神为他站台，我自认败坏不配，从不敢妄称神的名。黄帝说你这么说时脸上充满优越。炎帝垂下眼皮说我有，兄弟，你批评的对，我这么说的时候心里充满谦卑，我——只有我才能把自我否定做的这么彻底。黄帝说这是我听过最傲骄的话了。炎帝说我的心因负罪而忧伤。

黄帝说你也是假随和。山戬说不是坏人，就是有点放任原始脑——我说蚩尤老师——容易生气，把爱发火当正直了。

黄帝说那不好办了，原始脑支配的人眼中有血丝，心中有吼狮，搞不好会恨咱们。我认识几个原始脑，占尽天下便宜恨所有人。山戬说不好搞，蚩尤老师难搞。

12

斧棍旅赶到观汀峡，正在列队布阵，就见山口奔来一伙嘞忒难民，一个满脸干泥，胳膊腿、腰蹭的都是血道子显见是爬过树大娘双手抓住力牧激动数叨：太可怕了，什么没听见人就摸上来了。上树不用手直接跑上去你能想见么？

力牧说大娘，冷静，你说的是谁们？大娘说力，你不认识姐了，我是嫘阿。力牧说哟，姐，真没看出来，您怎这样了叫谁挠过似的。嫘母说树枝子刷的，姐爬到树梢尖上还是叫人拎下来了，手太长、太快。旁边一大娘说没法弄，你们这么布阵不行，都码在路当间，他们会突然出现在你们后尾儿。力牧给赤溷介绍：我二姐，婚夫人。赤溷说你们都被捕了？嫘母说跑——跑不过人家，上树没人麻利儿，这都哪儿来的人阿，浑身充满混芒之力。赤溷说但是你们都脱险了。

嫘母说我们说我们就是老百姓，岁数挺大的，身上就这点吃的，都给你们。赤溷说他们笑纳了？嫘母说都是孩子，饿坏了，见着吃的高兴，对老人也有礼貌，见我下树费劲，还托我呢。力牧说那怎么布阵阿？婚夫人说你们逮阴着都，别叫人瞧见，他们是一个个摸过来，你们可以过来一个摁一个，一定要准备网，兜住他们。赤溷说粘行吗？婚夫人说粘，他们带竿儿跑了。力牧喊：两人一组，散开，注意隐蔽。搀着嫘母：来来，姐，咱们也往边上站站，部队要打仗，你们是在这儿观战呢，还是后撤？嫘母说我们就不观了，后边还有咱们人么？力牧说帝他们都在呢，没你们消息，正捉急呢。

赤溷说嘘，来了。拉着大家就地卧倒，趴在草里观察。一个黑孩子手持竹矛，小跑上来，崖上树棵子求偶斑鸠都没惊动，依旧咕咕叫。一战士扑向黑孩，抢于地，黑孩惊骇加速，埋伏战士交相跃起，叠于地，人堆中翘出一只粉脚丫。

力牧的兵带着嫘母婚夫人和一串捆绑小黑孩——部队后来又连续摁倒几个——来到温泉沟。女人们被安排洗温泉，孩子们也被推入一个积水窖坑，只能惦着脚尖站在水里，这样他们就不能利索地逃跑。黄帝试着问孩子几个问题，孩子回答一句听不懂。山戬说我懂点古热带语，我试试。蹲坑边跟孩子们交谈了会儿，对黄帝说大部分还是羊同羊驼讲，几个词我以为是懂了，空阿是战士，首领叫登贝莱，热叫黑特。黄帝说这能说明什么问题？山戬说说明他们确实是热带来的,头儿叫登贝莱。黄帝说哦,问孩子还记得你们是从热带哪儿来的么?孩子们直着眼看黄帝,嘴里乱嚷:毛娜娜毛娜娜。山戬说我猜这个词是,——海。孩子喊大拿坑大拿坑。

黄帝说啥意思?山戬说可能是个码头。黄帝说明白了。

向南侦搜弹弓营也传回消息,他们在延怀盆地遇到几个捕雁人,发现他们既向我军发送雁报,也向蚩尤部队发报,就擒拿了他们。经审问得知他们原是大庭市民,被蚩尤抓丁,作了他的先导和搜索兵。这些人告知职等,蚩尤亲率大军北来,他的部队人数众多,差不多南方人都来了,都挺黑的,拖家带口抱着孩子,行军走烂草鞋可使江河断流,宿营遗留便溺可使荒甸沦为沼泽,目前刮南风已能嗅到蚩尤部队尿味。职等就地隐蔽连日瞭望,目力所及可见敌之一部积极活动,当面之敌目前已判明番号计有邗沟龙虬庄营、之江马家浜营和巢泽薛家岗营。此三营为蚩尤部前锋,所部鸟毛旗分别为银鸥、绿翅鸭和苍鹭。部队装备多为石镰竹矛,主官配弹弓,主要任务是为大部队割草开路,逢水搭桥——他们的竹矛用葛条捆在一起就是竹排。目前正在徐水放排。

其后几天,山壑背阴处草木也都暴了骨朵。东南两个方向传来更多令人不安消息,沿灅水西进登贝莱部队与斧棍旅发生多次严重互殴,战斗越来越血腥,战士被开瓢,武器秃折,敌人最后一次进攻是靠牙齿、背挎和下绊才守住阵地。

吹落桃花的东南风带着尿味儿。渡过妫水前去与蚩尤会谈的山戬一去没了消息。合同报告蚩尤营中连日都在烹人。

夜里山上有人摸下来，散打营哨兵尖叫报警，黄帝都拎着棍子出来了，才发现高举双手跪在地上的人是共工和夸克。

好消息是涿鹿方向升起青烟，晴日看得更清楚，西天低低压着一片雾霾。斧棍旅溃退下来内天，天像发面碱使大了内色儿，空中飘来几个雨点，掉在膀子上都是泥点。力牧满头是血，拿桑叶捂着，手里攥着把河卵石。黄帝说怎么就这么几个人了？力牧说撤不下来惹，半夜黑瞎摸上来的，我一睁眼胸口坐着俩人，一个摁腿一个使劲撕我衣裳。黄帝说什么情况？力牧说撕我衣裳是为掐我脖子，我穿着厚衣裳呢。

炎帝问赤溜呢？力牧说可能跳河了，我脱身奔跑时看见河滩上赤溜带着几个壮士抡王八拳做最后搏斗，褂子全扯了。

登贝莱部队占领了百泉。二帝率部上了三海坨，转进松山，经长安岭、茨儿山、水口山至修水右岸与大部队会合。

时，颛顼设于桑修三角洲上十数口窑日夜生火，集结在修水两岸部队已能做到人手一砖。木匠师傅从泥里淘澄出来五根砲梢和一些零散木料，现砍榫现钻卯支了个横木架，并排码上去，拼成一门多梢砲，架在河滩上，每日向河中试射，迭次增加投掷量，已由一次齐射三十块砖，增至二百块。同时演练单梢、双梢连续发射。吊拽砲手也由五十人增至二百五十人。二帝还在山里转进时，进占百泉登贝莱部队曾试探进攻涿鹿，一门砲，三口热窑供砖，七百战士轮转，无缝儿连续发射半日，把河滩都打红了，登贝莱部队遭击退。

二帝下山来到军中，参观了这门英雄砲，特赐名：砲王。砲长离朱向二帝报告：砲王之梢因发射次数过密，都桥了。

黄帝说你现在负责砲了，好好，要把最强的干部拿出来，放到关键位置。指示他：那就尽快更换，今后战斗会更激烈，要多准备砲梢，伐树问题解决了没有？离朱报告：还是比较困难，战士爱护武器，舍不得用斧，我们把全军龅牙和有虎牙战士集中起来，对树进行围啃，效果不好，正准备大规模捕捉河狸。黄帝说能来得及么？我记得你们特长组有几个懂象语的。离朱说报告台上，象已经没了。黄帝说熊语者呢？离朱说因为老坑熊，也已完全失去了熊信任。黄帝说风、风、风是人类好朋友。离朱说昂？黄帝对共工说你，准备绳子，进山，把风吹倒红枫黄栌拖一些下来。共工说是！

炎帝说河中漂木也应组织人员进行打捞，晾干晒透做砲架子未必没有可用之材。共工说是！黄帝对颛顼说这一仗打出了信心，再多两门这样砲，蚩尤不足惧。

在随后举行的作战会议上，二帝决心重新调整部队编成。因操砲是重体力劳动，且需高度协同性和一致性，用战士话说"跟抬山似的"。一门多梢砲有效运转需千人之力，七百人举重上吊，视窑口远近至少三百人形成人链搬砖。在此前战斗中已发生调不动，喊不听，砲手苦乐不均，多人擅自松手歇腰，致战斗部失重砸死装填员重大事故。必须统一指挥，强化日常训练。遂决定以三门砲之预期组建三个砲师，任命离朱为砲一师长，共工为砲二师长，詟为砲三师长。除保留三个已编成步兵师，凡参加烧窑者全部补入砲师，在新砲未列装前，继续烧窑，整备砲阵地。会上听取了离朱建议，将砲阵地设在修水右岸台地，这里是桑干、修水、灃水三河之流交汇点，我军重要窑口取土地。离朱为与会者讲解了抛射砲射击原理，砲位越高，控制范围越广大，砲架在这里，可扼控三河，对东南两方向来敌同时遂行轰击。

起初，砲砖所需渣土多采自河沙。桑干上游河段流经山西北部干旱黄土高原，夹带大量泥沙冲刷而下，在涿鹿三河汇流处淤沙成洲。这也是窑口初设于此之所以，土质疏松，撮取方便，这在石器时代很重要，部队刚到这里建窑时只有树杈和双手。河沙烧制红砖在战斗中集组发射多为空爆弹，很有气势，能在广大空间造成区域沙尘暴现象，使来犯之敌灰头土脸，不辨方向，大量吸入粉尘，战斗队形散乱，意志受挫，但毁伤力不够，这也是登贝莱部队多次进犯迭遭砲击始终未发生战斗减员之所以。最近一次进攻该部竟然裹着纱巾（可能是在寒水搜刮我家庭妇女用品）蒙着脸来了，前队数十人冲过尘暴区，跃至观战二帝跟前，全掉进坑里——内是挖沙形成窑坑，齐胸深绿水，上面一层蛤蟆骨朵——投矛举手，才被允许净身上岸，捆得好好的，又被推回坑里关押。

战后讲评，黄帝说这样不行，不能每次打仗都站坑后映儿，要想办法，提高砖黏合度，做到一击致残。离朱踏遍修水之丘，在薜萝蔓生台地找到红土胶泥，试烧出窑，集组射出，落在地上都是半拉砖头——成功！开采比挖河累点，需要先拔草，用树棍捣土，培渠，担水，让胶泥吃透水，跟干农活差球不多。华师很多战士农闲在家干建筑，给丈母娘家盖房子，制陶什么的，是老窑工，此次补入砲师人员较多。在河洲挖沙已经很苦，滚得跟泥猴儿似的每天，现在又上台地担水，牢骚甚多：在家当农民，到部队还当农民，在家都不抗旱，上这儿抗旱来了。跟在家对部队的想象出入逼较大。

经过疏浚桑干河水平如抹，成群黑鲢游进窑坑逡巡不去，入夜可闻鱼跃水，卜磲呖秃不已。蚩尤部进至灵山－东灵山一线，右翼河姆渡旅放排滠水，与登贝莱部夹岸呼应，对战场东南达成封闭。山戬率代表团从蚩尤军中归来，赤涸坐实已经投敌，剃了娃娃头，光膀子穿草裙，眉心点个红痣，脖挂鱼肠线穿骨牙项链，中坠九鳌图腾——以孔雀开屏展开想象敲打錾制九头鸟铜片——出现在蚩尤欢迎山戬水席上，和他们一起喝鱼汤，称蚩尤台上，管山戬叫老哥。山戬一下都没认出他来，没搭理他，对蚩尤说叔，你这事儿办得不地道阿，朋友正在蹲坑，你从后边抄砖炸坑。

蚩尤说你瞧，我就知道你会误会叔，你也是带兵的人，你去瞧瞧叔内部队，像部队么？手里拿的都是饭碗，胳膊细得跟柴火似的，撅巴撅巴都能拢火，叔要前来与你们争战能是这副德性么？此时正是日中，旷野中人头汹汹，雉飞鹊惊，狐兔伏窜，遍地都是采浆果撸树叶、上树掏鸟蛋、下塘摸螺蛳、打洞挖鼠粮裸体男女。就在他们水席边蹲一圈瘦若水芹三根筋挑个大脑袋孩子，睁着能照见人良心大眼睛，兹你看她，就向你伸出一只豁边带牙口印彩陶碗。山戬把自己内碗刚端嘴边吹气还没来及尝一嘴鱼汤分几下折给几个孩子，说是阿，怎么回事阿，这都跟逃荒——要饭似的。

蚩尤叹气：多少天了，叔都不敢吃干的。你当然不知道了，你在北方吃烤全羊，满脸壮疙瘩，你哪知南方遭了大灾，西南雪山全化了，世界屋脊上人都冲下来了，还有好多牦牛，漂到云梦泽都炸了膛，脏器掏得干干净净，只剩一张皮，熟得跟缎子似的，布满牛毛纹。听内边冲下来难民讲，水追着人跑，一家子不能上山顶，雪一崩，妈儿子冲东边来，爹和闺女就西大泽见了。巴蜀盆地整个一个大漩涡，跟刷锅似的，顺着三峡往下刷人。夒㞢他妈你见过吧，夒国公主。

山戬说见过，夒阿姨么。蚩尤说她家族进入大荒遇到我家族，就一起漂泊，内时可能你家族也在。山戬说在。蚩尤说到了长江，你们家顺下游走了，夒阿姨家族有一些攀岩好手——确切说是她二舅内枝儿，扒着江边峭壁往上去了。这一去就是多少个世代，我以为再也见不到他们了，去年大水冲下来了，见到我太太表弟，一握手，手差点断了。

山戬说去年大水就下来了？蚩尤说怎么没有，去年晚稻还在地里呢，全成水草了，北方没发大水么？山戬说下大雪来着，开春才抗洪。蚩尤说还是北方好，泡一冬天和冻一冬天，我选择冻一冬天。夒㞢说多半年了，人吃鱼，鱼吃人，人吃人，都在水上漂，南方毁了，成南海了，水齁咸。

蚩尤拔锅把一锅鱼汤连渣儿都折给孩子，敲着锅底说散了散了，别围着了，我们也没了。拿手往旷野内头一划拉：这都是南方各地幸存人们，日日夜夜盼着能有一块栖身黄土，如今你再到南方，只有浊浪拍海豚，我们要不努力往北划，此刻都在南海里。抱起一小姑娘说你老家是哪里的告诉爷爷。小姑娘说壳垢垃。山戬说哪儿？蚩尤说不知道哪儿。

赤溷说太惨了，我想了，无论如何也要为灾民做点事。山戬说噢你是赤溷呀没认出来不好意思。问蚩尤：那内个称帝也是瞎传了？蚩尤说什么称帝？噢你说是我们在大庭神农坛做法事祈祷天下干旱内事吧，怎么给传成这样了？我当时很激动，不知上边谁下来了，讲了什么，咦，那不内谁么，内谁谁谁，他们都在，你们听见我说什么了么？僰垕说没。

内谁说没听您老本人发话，就愣呢儿翻白眼，来的好像是女魃吧，借您老口宣布一定帮咱们抗涝，大伙都特激动，您老也掉眼泪了，当天天就晴了，大庭市中心水就退了。

山戬说大庭也淹了？

蚩尤说你以为呢？我们以为进了东海正哭呢，踩到神农石，才知是大庭，忙着排涝，救人，一打听，你们都不在。啧啧，你不会真以为叔借抗洪上位吧，你这么想叔真跟你急。

山戬说内什么，登贝莱部队跟你们也不是一势的？蚩尤说谁？噢噢，热带兄弟，水上碰上的，比我们还惨，很多孩子生下来就没见过陆地，词汇就没"土"这个词，以为自己是海洋哺乳动物，问我哪儿是岸阿，我跟他们说还得往北，北边有长着山楂核桃和枣的群山，这我确实说了。山戬说我彻底晕了。蚩尤说人心阿！你千万别跟我说炎帝也是这么想我的。山戬说没没，炎帝什么也没说，我都没告他你在这儿。

蚩尤说我也是到了这儿，脚踩上硬土，遇到你们部队逃兵，才知道你们也在这儿，跟公孙老哥干起来了，为什么呀，有啥事不能聊阿，真够闲的。山戬说也是误会，都解决了。

山㺐跟二帝说：情况就是这么一情况，看来我们都误会蚩尤叔了。炎帝在那里无声流泪。黄帝说南方局势坏成这样，这是一个没想到，据你观察蚩尤先生话有几分可信？山㺐说据我观察，他所谓部队确实是难民，跟过蝗虫似的，住下一片青葱，离去一片焦土。黄帝问颛顼：蚩尤部现在什么位置？

颛顼说请这边观看。大家移去沙盘前蹲着。颛顼用长竹竿指介：目前已至灵山－东灵山一线，移动形态呈炸窝状，符合难民潮特征，住下来就铺摊子，向四外扩张。昨日其部薛家岗营与我炎黄二师一部发生接触，遭我警告掷击后散去。

黄帝说二师位置在哪里？颛顼指向桑修之洲：主力摆在这里，同时以有力一部坚守桑灅之阿。黄帝说我不是没有同情心的人，大家都要吃饭，就剩北方这一块了，我意双方就不要动了，以当前实际控制线为界，我不越界，他也不要来搞我，请他约束——叫部队也好叫难民也好——手下。

山㺐说我在蚩尤部这些日子，和蚩尤老师吃在一起，睡在一起，从未听到他下达过有关军事的命令。我们每天散步、谈心，谈的都是民生。我都不晓得怎么从徐水一步步挪到了灵山，只是动身返回部队，一抬腿到了，才晓得这样近了。

黄帝说这样情况更危险，有可能在双方领率机关都不知情的情况下突然爆发冲突,不可收拾。玄嚣说我认为我们面前这伙人可能不是一支队伍,只是一群走投无路的人,临时傍在一起求生,是不是都听蚩尤指挥我很怀疑,也许蚩尤根本不是他们头儿,只是最有名内个人。昌意说发雁报是什么人,背景搞清楚没有?颛顼说蚩尤部移动太快,我军侦察分队被隔绝在敌后,已经失去联系多日,正在努力建联中。

黄帝说要命的不是蚩尤是不是这支部队真正的头儿,要命的是我们眼下只能以他为谈判对手,最怕就是这个,只有作战对象而无谈判对手。山㦮说我去找他,做进一步了解。

黄帝说告诉你叔,我以最大耐心等着他的诚意。在没得到蚩尤答复并确知他有能力掌握部队前,我军备战不能松懈。

颛顼说新打造七梢砲王已经就位,并已妥备每门砲双份更换砲梢及两个基数砲砖——更多砲梢和砖在生产中。

简说山老,我跟你一起去。山㦮说你就不要去了,兵荒人乱的,穿越战线很危险,你一个女孩子,我不能保护你。

简说我女扮男装。山㦮说你很难装。说着摘下草帽,褪下丝褂麻裙,一手捂嗫儿,一手抓把脏土噗——吹脸上。黄帝说必须这样么?山㦮收腹说这是最好的伪装,打死也查不出我是哪儿的。健步摆胯向远处昙烁如锈澧水踽踽走去。

13

山戬摸黑越过战线,见到过队伍就趴下,伸出手,用苍老声音说行行好,要到一条泥鳅半只兔头,解决了晚饭。

破晓,旷野上火堆一齐黯淡下来,余烬冒出青烟像海雾使林木草丘变得浮漂影绰,遍坑遍谷交叠横睡男女像伏于岛礁海兽。山戬在雾中游荡,一个浑身沾满青草女人坐在人腿中看他,山戬走过去说我是蚩尤老师朋友。女人给了他一个白眼,侧身躺下,山戬挨着她躺下,双腿夹手闭眼睡了。

醒来天已大亮,周遭是一群说洞庭湖南岸话汉子,火再次红亮起来,一只白陶鬲咕嘟咕嘟煮着蛙和笋干。一个汉子乓唧乓唧和他说话,他双手合掌垂下眼帘,盛满笋陶碗传到他手里,他下手捞了条笋干咔噜咔噜嚼着,含笑传给下家。突然感到发根巨疼,捂着头脚蹬土背蹭地被拖出人圈,腔上肋叉子连挨数脚,一骨碌借着内股冲劲儿跑脱了。

山戬在灵山脚下一片山杨林找到蚩尤指挥所，蚩尤也刚起，满眼眵目糊，正蹲呢儿犯愣，看见山戬说哟，你怎么又来了？山戬说我带来了一份和平倡议，这个内个二五八十向蚩尤传达了黄帝见解，说这也是炎帝的意思，为大家好。

蚩尤捂着脸半天没嗳声，山戬说您老别不嗳嗳，表个态，啥意见？蚩尤叹口气：嗐，招人讨厌了。首先，完全赞成，十分同意。再者，也不瞒你，叔跟他们真不熟，叔只能答应你，做好自己，打从今儿起不管响多大雷，哪么下斧子呢，叔不挪地儿了，就叮死在这儿，赶明儿你上这儿来给叔收尸。

山戬说瞧您说的，我还盼着叔活万年呢，有多不熟阿？蚩尤说你跟他们有多不熟，叔就有多不熟。叔这辈子从没给人添过麻烦，都是给人添彩儿，没辙，谁让事儿赶到这儿了呢，一国人给您跪这儿了，你说你哪么办？拿脚踹，叔做不到阿。行啦，你甭管了，你话带到了，蜡——让叔坐去，怎么都是得罪人，我约他们谈，叔豁出去了，就这一条是吧，走到哪儿算哪儿，都呆原地别动？山戬说就这一条，谁不给叔面子，您跟我说，我重点打击他。蚩尤说你就别裹乱了。

这时㸸㾷也起了，蹲火呢儿热昨儿剩的虎骨莲藕汤，给他爸端来一碗，说新咕嘟的。蚩尤说擎着客擎着客，上火，咽不下实在。㸸㾷说这几天您就上火，水星儿没打牙，今儿再不进点东西行吗这身体？蚩尤捶着胸口说全堵这儿了，这不你兄弟又给我添了把柴火。槸壴这才看山戬，说哟是哥，快接碗，烫手！什么时候到的，怎身上都是泥呀？山戬接了碗放地上，说才到，吃过了。槸壴说要不要洗洗，上哪儿滚去了，这怎么腰背后还有脚印子？山戬说麻利儿还得回去，内头也着急上火呢。蚩尤说你把跟我拜过把子都有乃几个国——国名报一下。槸壴说爹，咱真没粮食给这几家兄弟了。蚩尤说不是内回事。槸壴报：大墩子国，昙石山国……

蚩尤跟山戬说您有事忙您的。山戬说没事。槸壴说我们内边有几个女生也没事，要不你找她们呆会儿？山戬说噢噢，我有事，我就不找女的呆了，叔、弟，那我先撤了，回去我可说您应了。蚩尤说应了。槸壴说内什么我呢儿有点人家送的蜂浆藕粉，哥你拿点。山戬说不用。蚩尤说他哪瞧得上这个。山戬说不是，我这回去一路还不定怎么回事呢，最好手里别拿东西让人惦记。蚩尤说也对。山戬说你们有没有什么识别码、标号什么的，给咱弄一个，一看就知道跟你们是一头的，上回我看赤溜戴内铜片挺好。槸壴说乃个呀——噢内个，内逯是我们这儿狼以上主官才有，你不急着走，待会儿给你纹一九头鸟，也挺飞的。山戬说我还是乃头都不是吧。

山戬绕着人堆走，有沟不走沟沿，看见天外扬尘就卧草里装昏迷，还是让一支往北开，手拎穿孔蚌刀，满嘴海里抖海滨抖队伍拉了夫，替他们背鬲、柴火和烧得烫人的病号。

潓水之阿，一支裸体部队携带木把骨耒正在河边列队等待下水。对岸河洲上排列着一行头戴草帽腰系粗麻围裙炎黄部队，手握红砖大幅活动肩骨轴子。一个黑巨人嘴含骨哨，发出啾啾雀鸣，裸体部队纷纷下水，向对岸游去，河洲隐隐传来鼛鼓，草帽人遥遥振臂，河面荡起圈圈涟漪，裸体人一过眼沉底了，一过眼，又在离岸处露头，接连爬上来哮喘。

骨哨再起，裸体人捞起骨耒，又在河边列队。一个下午，裸体部队在滑畅骨哨中执拗地游来游去，日落时都上了岸，沿河坐一长溜，手里捏根线，盯着水发呆，忽然只手一扬，一条白鱼在空中乱蹦；手起手落，更多白鱼被提，上下翻滚。

山戬背着病号过沟跨坎，给病号颠得够呛，直岔气。队伍休息，山戬就是马扎儿，狗内样前爪落地，撅着，滚烫病号就坐他背上，或者再拉几个人——马扎儿过来，四仰八叉躺上面。有的病号是单纯发烧，招了凉。有的牙周发炎，发展成败血症。有的肠炎，吃了不合适东西，坐着——揩着的时候就拉了，弄一身绿。海滨抖海里抖都特别嫌弃山戬，行到潓水之岸，打着骂着——拿石头砍他，让他下河洗洗干净，山戬借这机会下河沉底——潜了。

14

黄昏亢金龙出现在南方天中，黎明危阁三星现于南天，白天太阳出现在东井八星位置。天穹亮得像新造蓝池，人晒得都快化了，蜡烛似的淌汗，裆都腌了。森林自燃，烧出一地一地桩子。桑干来水减少，河底草鱼露了脊尾，卡在石缝里拐哒。中午时分，整条河虾蟹飘起一层，都红了。

蚩尤大帝下达了停战令，南军各营比争竞至桑干澶水之阿，将炎黄二师摆在那里两个板砖营赶下河——才停下来。

河姆渡旅跨湖桥营还屡屡涉水向河洲我军发起两栖进攻。山戬会同僰垕检查停战执行情况，向河姆渡旅提出严重抗议，被一帮蛮子打了，要不是僰垕哭着喊着拦着，人得躺着出来。

南军各营本是村社武装，临水而居，几大姓住一圩垸，遭了灾跑出来，以宗亲编伍，号为部队，习气甚深，管部队长都叫哥。河姆渡旅部队长型天，巨人，小脑袋瓜，跟陶罐似的；宽肩膀，跟门板似的；胸大肌壮如臀大肌，乳头跟小手指头似的，穿一对淡水灰珍珠，远看跟俩眼珠子似的；打仗脸谱也描躯干上，拿肚脐当嘴，军中叫号型哥，在长江下游有影响。对属下不听令也很头疼，跟山戬解释，我这个旅真正我们河姆渡大坑也就一个营，其余都是各村坑流民，在家我们就不是一头的，老上我们坑偷东西，年年搞械斗，有姑娘都不嫁他们，这是没了辙乱跑出来，都是杭州湾滴，成立一部队，看着是一捆，挨个掐都带穗，自己有头儿。

山戬说那不行阿，既然成立了部队，我们就得找你说话。型哥说真管不了，你还没瞧见内更不讲理的呢，根本就不跟你过话，交流方式就是动手，要不你干死我，要不我干死你，跟你好就是比狠，打死不记仇，输了你要管他叫大哥。

夔垕说你在这儿认几个大哥了？型哥说都是我大哥都是我大哥，我在这儿就是一十三白搭，看看结棍，打打精够，吃过用过，留个屁股——都比我横！你们有办法就往死里干。

山戬说这都什么路子阿，蚩尤大帝话也不听？型哥说蚩尤大帝还没我好使呢，你要让蛮子听你的，必须逮是他老妈，生过他，蛮子只认这个，回头赶紧把妹子发给他们。山戬说这……眼下可能等不及。夔垕说现在你知道我爹难了吧。

河姆渡人在河滩地下桩，绑干栏，起二楼，灅水左岸一带桦树林皮都让他们扒了，铺在楼顶，白花花一片，大晴天跟落了层雪似的。河洲我军抬头就能看见他们在楼上晃着嘚儿转悠，在草堆上哐哐哐办事儿，脏水垃圾都倒在我军前沿。

山戬蹚过已成漫流溪桑干河跟型哥说你们不用下桩子，瞧这水印，最高也就涨到这儿。型哥说不是，我这一楼是养猪的，昨天堵着一大猪，母的，刚生一窝，没让他们都做骰肉，留了俩。山戬说你们都抓猪崽了？型哥说昂，怎么了？

山戬说你们打算长住阿，杭州内嘎达撂荒的地哪么办呢，我是农民我知道，水淹过的地肥，种什么疯长什么。型哥说哥，我们那里是海水淹的。山戬说那更合适了，水退了剩下的都是盐，你们发了！我能现在就跟你签合同么，有多少要多少，羊毛换盐。型哥说哥，我们不穿毛衣。山戬说别的也行，瞧我们这儿什么好，啐便挑，虎皮熊皮，不能让你吃亏。

型哥说我明白我明白，我能多住几天么，等南边干透，现在回去也全是泥，你急么？山戬说不急，几天都行，几天呀？型哥说到时候我告你。山戬说到时候我给你们开欢送会。

旁边煲汤妇女说北方人真好，我们这一路出来，走哪儿都遭动物嫌弃，就是到你们这儿，走还欢送，见过好客的。

山戬说内什么，我也不算特北方，东方人，您这儿煮什么呢，怪香的，哦，熬小鱼。妇女说您来一碗？山戬说那多不好意思阿，空着手来的，什么也没给您带。型哥说我们南蛮可有说道，让你了，不接着，就是瞧不起我们，咱们好兄弟逮有一个躺着出去。山戬说那我就不客气了。型哥说跟兄弟你还客气什么，这，这，都是你弟妹，看着内个好，带走，都特能生。山戬说这算让我了么？型哥说算。山戬说好吧。

弟妹又给山戬添了舀子鱼汤，说：还对您口儿？山戬说好吃，下回我再给你们整点酱来，能更好吃。

山戬领着妹子回到河洲二师驻地，颛顼风丑正在砖堆后喝粥。颛顼说估计你在内边吃了。风丑说怎么还拐一小南蛮回来？山戬说没办法，要不出人命。对姑娘说你先帮着拣碗，上河里刷了，回来把地扫了。姑娘说诶。颛顼说我意见带给他们了？山戬说带到了，姐夫答应走，逮几天，等南边干透。

颛顼说谁是姐夫？山戬指抱着一摞碗的：且她呢儿峇的，她们姐儿俩跟了老型天，妹妹匀给我了。风丑说那不担挑儿么？山戬说是。颛顼说他说话算么——姐夫？山戬说不好说，看着不像实诚人。颛顼说这么招，你们不是已然担挑儿了么，明儿你就回门，扛两头鹿，说是我送姐夫的，代向姐夫问好。

风丑说后儿扛只羊，算我的，向姐夫致敬，也甭催姐夫，就往他们家火塘呢儿一蹲，跟他耗！上回我该人钱，人就天天上我们家井台上蹲着，啥话也不提，抢着干活，起圈，劈柴火，帮着哄孩子，饭做得了也不吃，就看着你吃，我这么不要脸的人最后都服了。山戬说懂，就是跟人比底线去。幽幽望着颛顼：咱们真到这一步了？颛顼说也不要搞得太下作。

舟毛毛趁夜潜回我军阵地，头剃了，口角脖颈有紫绀，脊肋有交错鞭痕。他的营——弹弓营在停战前已遭失败，大庭被洪水淹没消息传到部队，华族战士人心浮动，一些大庭籍战士私下串联，趁部队移动发生哗变，拉走原华师人员，裹挟部队长合同东归。后经查，为首者是一个人称睬哥老战士，成分小地主兼手工业者，作战勇敢，参加过历次华夏之战，曾作为尖兵第一批进入清苑，在士兵群众中有威信。

蚩尤君派出追剿我弹弓营部队是河姆渡旅下辖良渚独立大队。该部成分多为破产稻农渔霸，从南方出发是旅的规模，打到北方减员严重，缩编为大队，列编河姆渡旅，旅不能节制，向为蚩尤君亲自掌握使用，是南军中头等能走能打部队，尤擅使用渔具奔袭、设伏、野战合围。部队长名良天，军中叫号：良哥。我弹弓营于小五台一带隐蔽游击，求食困难，少数战士罔顾战地纪律，下山打劫过路南军战地伙房，端走一锅褐马鸡掯走俩烧火丫头，撤出路径为该部老猎手侦获，蹑踪至东台密营，致我弹弓营全员曝露，不得已拖着该部转山头。营组织几次阻击，该部见血不退，迎着弓石步步逼近，撒网捕捉我军战士，逼得打阻击战士跳了崖。

经询问我弹弓营陆续归来失散被俘人员，战斗频繁，日益艰困生存环境也是部分战士动摇思归肇因之一。部分华师人员出走前，虽伤病饥饿减员，营实力还在，我不能击败良部，良部亦不能吃掉我。眯哥拉走一半实力并悉数整全石器，陷我余部于苦斗，缠绵山峦，一日数战，部队极疲劳，弹弓大多损毁无补充，已不复能战。营指挥员（这里指舟毛）遂下令部队就地隐蔽，分散向北突围。南军亦调集薛家岗营、大墩子营、昙石山营各一部参与搜山，封闭北向各山口隘道。至停战令下达，除少数突围人员辗转回到我军阵地，大部就地隐蔽人员包括指挥员本人为南军搜山各营所俘。

南北停战后双方第一批交换遣返战俘，我方代表（这里指山戬）曾向南军代表（这里指梜垔）提出交涉，特别要求南军提供前述我弹弓营被俘人员唱名。南方代表表示有困难，因南军参战兵团番号纷多，我方人员被俘时间地点不一，关押单位亦分散，且与南军掳掠强征之当地人民混为一群，且多隐瞒身份冒充当地人民不报或谎报氏名浑称，殊难甄别。遂向我方提出反要求，就请我方提供失踪人员唱名以方便南方查证核实。我代表遂向各部军务部门了解情况，各部均反映，我军一线士卒多为战时征发贫苦流民，出身寒微，本无姓氏，在乡即以"诶诶"互称，到部队起了绰号也只为本部什伍长熟知，且弹弓营为新合成单位，官卒临时抽调自各部，彼此无深交，且任务紧急，出动仓促，未及执行参战人员战前记名报备流程，故军务部门不掌握失踪人员氏名浑称。故我方代表只能向南方提供仅有几个根据大家共同回忆勉强想起的名号：合同、捞眯子、舟毛毛什么的。南方反应很快，合同、眯哥第二批交换战俘即被遣返回来，舟毛查无下落。

樊垕承诺将继续寻找，此人可能报的是别的诨名因为惧怕不了解政策对停战代表下来普查不敢响应。南军个别部队亦有将战俘浑等于奴小牲畜一律以数目字编号管理之现象。

合同眯哥被俘地点是邢台以南河北河南交界处之广大漳黄泛区。二人遣返前洗了头，回到部队又在河中洗了澡，头发仍打绺梳不开，鼻子尚需使劲醒犹不免喷嚏连连，手背锁骨一搓还掉渣儿，听人说话反应慢，习惯性掏耳朵，人也有点碎吩，逮谁跟谁絮叨：……跟住在粥里一样，抬爪五指拉黏，坐下稀里咣当，晴天一脸嘎巴儿，下雨遍体黄佘儿。走道两脚互相拔萝卜，裆下有千钧力，走着走着就种呢儿了。

眯哥向我接待人员报告被俘过程，部队被打散，合同哥也因后脑中板砖身心呆滞，他只好站出来接替指挥，带领残余人员向南打边撤——北向通道都有敌重兵把守。穷追他们的部队是良渚裸体骑兵,行动迅速,经常对他们采取包抄,使我无可立足,最终将他们赶入漳黄泛区,身陷泥潭不能自拔,遂额手就擒。

我接待人员反复询问,合同亦支支吾吾,始终不能搞清良渚兵所骑何物。这事很骇人,骑兵出现在战场亘古未闻,黄帝、颛顼都亲自下来过问此事,如果此事坐实,将意味着战争形态发生大革命——直到舟毛归队才知,骑的是他们。

舟毛报告,他和其他战士被俘后遭到编号,勒上口嚼成为良渚兵代步工具,揹着他们向南追击。舟毛命好,肩平腰厚,被良哥选为坐骑。良哥人狠话少,体格瘦小,紧急情况可以扛上肩风一样地跑。良渚公俗每个兵找到口吃的,要献给老大,吃第一嘴。李鼻先生考证这是上古匮乏时代强者特权,比同初夜权,至今各国饮食文化中尚可见遗响——首先向尊者敬酒。良哥个人零食每天吃不过来,嚼剩的渣儿舟毛也能混个肚歪。其余分配揹兵的战俘比较悲灰,天天包抄,脚幅稍窄些就被抽得死去活来。良渚卒众也是靠射钓摸掏塞牙缝儿有上顿没下顿,主食是昆虫。我军战俘饿极只能吃草。

舟毛报告,在漳黄泛区,他们追上眯哥合同——夕阳下一片姜黄,朦胧中站着眯哥,五步之前是更加朦胧的合同,再往前是其他华师老战士,逐个——以互相够不着间距排成一线纵队,面向南方,呈奋力向前状。听到骑兵呐喊,皆转过头来,面露诡异微笑,像等到亲人,明显都松了口气。

良哥发出狩猎号令:兔急给给!良渚全队纵骑跃进,一齐敦敦实实楔入泥潭。因有合体之重量,造得还深些,浆涌至胸——坐骑之胸。舟毛说其后遭际不堪与人言,良哥落下一口头语:一汰污涂。眯哥呼呼良哥不要放弃——良哥已下令后撤,舟毛艰巨转体——高喊:卡姆昂!(李鼻按:辞义不详,发音古怪,亦不似东夷方语,或出古热带语,察其情状拟为强烈敦促。)良哥高喊什么时候看人品,奏是摊上事的时候!遂令全队下骑捞人。最后想的辙是以我军战俘为桩脚,一根接一根栽泥里,良渚兵踩着呼灵盖跑过去,把眯哥,继而是合同,提发拖回来——太远的就算了。舟毛说泥都灌耳朵眼了,没鼻子了,只剩黑白眼珠在泥基线左右滴溜乱转。

颛顼皱眉说这支部队现在哪里?山戬说停战之后,该部即调防三河口,专以滋扰我军为乐,经常趁夜潜至河洲上岸抓一把就跑,从我军阵地顺回去的砖头都够搭几个鸭窝。良天本人有一回还摸进风丑将军寮棚,顺走将军草帽腰带,口嚼薄荷叶涂于将军脚丫,致将军尿虎皮——风老你忘了么,你老还站在河滩骂街:干嘛呢这是,拿姆们当什么了,有人管没人管?风丑说嗯嗯记得,我怎会忘记,我曾请求砲击该部,报到您呢儿——风丑扭脸瞪颛顼。颛顼说我怎么答复的？风丑说你说介个，你还是要检讨自己警卫工作做得到不到位。

颛顼说我不了解情况，我检讨。山戬说我二师部队几次设伏要活捉良天，都被他小子溜了，只逮着他们部队一个叫优子一个叫园儿俩倒霉的。我部于河滩设河漂杉木一支，喊话对岸，这俩人我们就挂杆上，什么时候良子不跟我们捣乱了什么时候放他们下来。良子这才四处托人，从跨湖桥村长一路托到型哥，找我谈，我说人可以放，你部不能住河边。良子应了，我部释放了园儿和优子，良部听说调门头沟去了。

舟毛说我见过你，你和良哥谈话时我在场。山戬说呕，我应该有印象么。舟毛说我是内马扎儿，良哥坐我身上，你们不是在型哥小白楼涮着锅子聊的么，你们涮的有鱼片、虾球、鹿胎和金银花，罂粟籽的锅底。良哥涮着涮着还哭了，说已到手稻谷没吃到嘴，新造吊脚楼被冲成一地栏杆。

山戬说我记得哭的是型哥阿。舟毛说都哭了，在座南蛮都哭了，想念吃一口满嘴转的稻饭和清蒸鲫鱼大闸蟹，他们是跑出来了，父老娘亲被鳖生撕了，祖宗遗骨几代人攒内点家底都沉潭底了，将来有人到那里，东挖挖，西搞搞，也许会挖到鱼镖骨笋鱼刺菱角薏仁米就会晓得这里有人曾经过着多么滋润日子，可是永远晓不到他们为毛一夜之间抛下这一切全撤了。——再也回不去惹！良哥抱着你痛哭，捶着你老胸口说：以后要做北佬惹，吃特么不但一口满嘴转还带吸到鼻管里小米饭和能骚谁一跟头老山羊和臭大葱惹！

山戬说我呢——当时？颛顼说你石马都不记得了？山戬说不知南蛮汤里放了石马，摆我吃大了。舟毛说你抓着良哥拳头不让他擂你，安慰他，说也没你想的嫩么可怕，你们是没吃过好羊肉，一点不骚，小米粥也很好喝，还能摊煎饼，大葱，偶买噶！想死我了，下雪天自家小菜园子揪一头，葱管管里全是浆，带冰碴儿，咔嚓一口亚赛冻梨——甜！煎饼卷一卷，我的口水！山戬说这个有印象。舟毛说型嫂问你卷羊肉呢，内不是你们北佬最爱么听说？你老说那就是过冬至了，要夹一片薄荷，再捣一点点姜汁，抹一点点豆酱，一口下去——啊呜！手指头躲慢点，就会咬断，再来口热米酒，啥也不想啦。型嫂说切，哪里有我们秃黄油拌饭好吃。其他南蛮一齐说还有刀鱼、芋艿蒸肉，那才叫冬至捏。你老说我们也有鱼，黄河大鲤鱼酱焖，俩手指一卷，整张鱼皮揭下来，一秃噜，放嘴里，也常咬手，你瞧我这十指，没一只全指甲。

风丑说合着你们净聊吃的了。舟毛说这都能聊急了，南蛮说去你的大鲤鱼，我们鱼皮都喂猪——猪都不吃！你老说吹吧！谁还不是从南方过来的咋滴，你们日子没嫩么宽裕，一只鸭蛋就坐月子了，一根鱼刺儿全家下饭也不是没见过。

山戬说没印象，但是像我说的，后来我呢？舟毛说后来你们就打起来了，良哥想给你老一背挎，被你老给了一背挎，我滚一边去了，型哥翻腕把你老撅呢儿，型嫂挠您脖子上内血道子还在呢。后来一堆人把你们拉开，你和良哥又好了，互相搂着哭着说特别仗义的话，你老又在我身上坐了会儿。

山戳内疚抱拳：对不住兄弟，眼睛没往屁股底下瞅。颛顼说你怎么不叫他呢？舟毛说报告长官，我嘴里封着泥呢。

起初，捞眯合同与第二批归来人员一起后送至涿鹿休养，恢复体力。到了那里我第一批归来人员即纷纷揭发眯哥战时行径，舟毛归来时捞眯已遭逮捕，关押于军法寮，受到阵前组织领导叛乱、劫持长官、携带武器逃亡三项重罪指控。合同亦遭逮捕，以失察、无力约束部属致部队失败与合谋叛乱嫌疑两项指控关押于军法寮。在重叔、黎叔、吴回哥儿仨组成的临时战地军事法庭上，舟毛作为证人出庭指证了捞眯，同时为合同作证：……瞧见捞眯和另一不知名壮汉一边一位紧挽合同像逮捕他一样强行带离驻地。经合议庭简单合议，重叔宣布捞眯三项罪名成立。合同失军罪成立，合谋叛乱罪不成立。随即宣布判决：一、褫夺捞眯氏历年所获一切军功荣誉，开除军籍并处没收个人全部财产，剃头、上枷，笞三百，七日后问绞。保留追究其近亲属连坐权利。二、褫夺合同氏一切军功爵位和荣誉称号，保留军籍，令其自尽。死后其近亲属可继续享受军烈属待遇。随即颛顼到庭，宣布黄帝口谕，特赦合同，贬为卒，发往砲兵部队苦役营搬砖。

七日后，捞眯已被架上一株华北白皮松树杈，粗麻绳套上脖子，抱着他双腿老蔦正准备松手，监刑官颛顼宣布停止死刑执行，特赦捞眯，贬为奴，发往砲兵部队苦役营挖沙。

合同和捞眯苦役判决均未执行，因此二人都是原华师人员，考虑到广大华族官兵观感，颛顼特于赦后将二犯交由山戬看管执行后续生效判决。山戬遂将二人安置在风丑领导的以华师老部队为主炎黄二师。合同在前沿筑垒地带搬了几天砖，风丑征求了他意见，将他调到身边当长杆侍卫，主要负责夜间值守巡更，后擢拔为伍长，按什长待遇吃饭。捞眯子被抬回时尚不能翻身，脊背双股如细切鱼脍——被内三百鞭抽的。俯卧敷疗月余始能下地，走道罗锅，久站岔气，被分派到二师一营一队一什一伍当兵，哨位处于整条战线最靠前那个点位，小白楼上有人迎风撒尿就能飘一二滴至鼻梁。

自从桑干枯水，变成一坡浃沥，两岸人就越走越近。河姆渡妇女洗衣裳洗着洗着水没了，就往这边就和，我军战士正洗山桃，毛儿没搓干净呢，就被女的挤一边去，把水坑占了。河洲这边全是砂石，一棵树没有，太阳又毒，烤得砂如饼铛，战士都是赤脚，跟烙锅贴似的，走哪儿一股糊味儿，大中午没地儿躲没地儿藏，都趴水里，都晒出盖儿了。河姆渡妇女接水煲羹，挺好一锅河鲜一股脚丫子味儿，就上河边指着战士骂：污里特勒，滴卤挂浆。我军战士也听不懂，不知道说谁呢，坐起来搓泥，朝妇女丢眉眼。早起型哥每常带一个羞愤妇女到这边告状，说拂晓妇女在河边解手，这边有战士伏于水下偷看，还丑笑惊扰人家。风丑就把部队集合起来让妇女辨认，妇女挨个看过去，伸手把一个战士脸挠出血道子，劈阿劈阿扇嘴巴子，战士直挺挺不眨眼任由她扇。捞眯子就是这么跟型哥认识的，因为好几回挠的都是他，还是型哥拦着，才没把耳朵拧下来，全部队跟着丢人。风丑耷拉着脸骂：特么有石马好看的！罚捞眯子蹲窑坑饿饭。

　　捞眯子后来偷偷和老扇他内悍妇好了，一点迹象没看出来，晚上站岗早起没人了，一摞红砖整齐码在哨位上。对岸也闹起来，说部队藏了人。部队派人和悍妇爷们儿带上狗一起追，一路寻脚踪追到妙峰山主峰，一对男女跳崖殉了情，女的磕石头上，捞眯子落松枝上，只是闪了腰。女方亲友哭着喊着上部队撒泼，要捞眯子偿命，部队把人保护起来，说这个谁也保不齐，我们这个战士也跳了，不能证明贪生和故意坑人，不带找后账的。部队出面请苦主吃了两顿暴糊羊肉，风丑做好做歹，把捞眯子淘换的仅有一件皮袄扒下赔付给女方家人，捞眯子本人复员处理。捞眯子找到山戬哭诉：我也没地儿去呀，我涝这一身残疾，回家也种不了地了。山戬说你拐带人家家属跑时候想过以后么？捞眯子含泪离开部队。

后，部队逃亡之风日炽，东归之人络绎于途。有的兵遭到沿途南军哨卡扣留，通知我方派员接回，停战协定有两军互不收留对方逃匿人员条款，我方亦有追逃小组常驻蚩尤司令部开展工作。有跑到漳黄泛区过不去生活无着流落行乞，经我工作小组积极救济劝返，主动归队。有曾在漳黄泛区最大丐帮存身逃亡战士回忆，他老大——帮主，虽双腿瘫痪撅地行乞犹坐如桩，求告无谄辞，正颜有军容，惯腔涉军语，帮内纪律、层级关系亦颇似我华师基层什伍，疑似我原华师脱队人员。我工作人员询问其老大叫号，答曰：眯哥。

颛顼下部队检查战备，发现营区警备松懈，环形蒺藜入口虽有卫兵，近看却在瞪眼打盹，任由外来人员自由进出无反应。营内寮棚恶臭熏天，垃圾遍地，毫无内务。战士均于河滩赤身坐卧晒嘚儿玩水，其中杂有——颛顼以为自己眼花——全裸妇女和儿童穿梭来去。前沿哨位隔段堆放既做工事又做武器之板砖半数倾圮，上有暗绿其状恶腻可能是尿苔，一支弹弓斜插于间丫把才发新芽。风丑正在操场上鞭打逃兵，出了一头一脸豆大油汗，走到颛顼跟前还噼噼啪啪往下掉汗珠子，跟颛顼抱怨这部队没法带了，紧挨着前沿，跨两步就是敌区，再早还是晚上放哨偷跑，现在公然白天就没人了，加双岗，一下跑俩。部队上下互不信任气氛浓厚，营队长晚上亲自站岗，什伍长睡觉拿绳拴战士腰上，一人起夜十个八个都拽起来。这样仍不时发生整什整伍携带武器逃亡，遇阻挡便武力拒捕，他手下宪兵几个在茅次蹲坑时挨了黑棍。

颛顼摆手说各部情况都不好，有的营伙夫跑了，到饭点儿开不出饭。砲一师神砲手舟小手夜间逃亡，师长离朱亲自带队追赶，被舟小手射伤双眼，如今看什么都重影儿。

颛顼抵近观察对岸筒筒厝厝晾着鱼干腊肉连片竹楼，跟风丑说：各部反映，你这里是亡匿人员出逃主要通道。

风丑说是不是主要通道不知道，一到轮休日，找老乡的特别多，扎在河边野餐、洗头什么的，我们也不能说来人都是憋着偷渡，也不能拦着人家搞卫生看老乡，我们这儿成旅游胜地了！都是兄弟单位找来了，我们才知道有人没归队。没有做过统计多少人来了没回去，赖到晚上不走的，都可疑。

型哥出现在河沿，拿树棍抠抠捣捣松土，又一步一弯腰像在捡宝，返身端着小鸡鸡一挺一送滋了一路尿。颛顼说他在干什么？风丑说可能是种菜，这哥儿们是个种菜狂魔，嫌咱们这儿吃不到新鲜蔬菜，自个驯化野草培育新菜种，把这一带认识不认识野草全部尝遍，隔天中毒躺河槽吐白沫儿。也不全是胡搞，前些日子送过一把粗杆芫荽味儿还挺正，去年砸死窑的老山羊骚都给解了。颛顼说跑这儿尝百草来了。

型哥扭脸看见他们，冲他们招手。颛顼说你们搞得很熟嘛。风丑说住得这么近，抬腚不见撅腚见，很多事要互相配合，咱们人跑了要去登岸搜查，他们鸭子游过来在咱们这边下了个蛋，蛋叫咱们兵喝了，咱们人晾的兜肚风吹跑了让他们女的收了——净特么扯蛋的事！不管，就积小怨为大怨。

颛顼说你这么做是对的。风丑说南方人不错，我现在有点喜欢他们，不像北方人那么臭脸，不好相处，动不动就翻脸受不了。颛顼说我还可以吧，很少跟人翻脸，黄帝不好处。

风丑说你？颛顼说好吧，我也不是东西，各种不能忍。

型哥从河沿下来，对他们说：二位得闲阿。风丑说型儿，给你介绍一下，颛顼，我长官。型哥笑说知道，老听风丑提你，看你走来走去，给他们训话。颛顼也笑说哪里哪里，只是随便走走，风老也老提你，刚还夸你，会种菜。型哥说刚起了一畦芸薹，一会儿给您送去，暴腌，适合现在吃，您尝尝。颛顼说这么能干，且这儿住着别走了。型哥呵呵笑道：我倒是想，北方坑人阿，住惯了回不了南方，热不怕，带汽儿蒸，不怕您笑话，焌得我直哭，嘀内回南天！刚洗过的头都是馊的，晾的衣裳没一回穿上是干的，膀子沤得长菌丝，走道儿磨裆，跟夹着锉似的。颛顼说听说了，年年半熟，冬天也不好过？型哥说不好过！你见过内卖冰的么，夏天盖一被货，怕化了，我就是里边内冰，睡一宿都不带暖和的。风丑说嘿！你算抄上了，发大水谁都不合适你合适，把家搬了。

型哥说对不起祖宗阿。风丑说我就不爱听这没见识的话,谁是苍松阿,种哪儿长哪儿?您在这儿多住几年,您就是这儿的祖宗。型哥笑着往回走:借您吉言,回头上我呢儿喝酒去,芸薹装筐一会儿搁河边,想着叫人来拿。风丑喊谢了。问颛顼要不要我约顿酒?颛顼说我们这里喝西北风,伊拉酒都端上了?风丑说也是米酒,古法酿造,味道差点后劲挺大。

颛顼说怎么个古法?风丑说嗯,就是熬一锅黏粥,请一胃酸特浓师傅——他们叫人窖——灌下,直到嗓子眼,然后等,好酒要一夜,人窖呕出来,就得了,简便易行,立等可取,特适合野战部队需要。颛顼说我去!风丑说听说酒就是这么一吃顶了的人发明的,都说是饭搁溲了,高古,哪可能有剩饭阿。颛顼说不糟践是吗?旁边饿疯了的一抢,还美了。

风丑说现在工艺有所改进,人窖都是处女。颛顼说谁告你古——就是好呢?风丑说这不没辙么。颛顼说我谢他了。

风丑望着眼前河滩说:瞅着他们发的,这一片,呶,内一片,临河起的棚子都是渔家乐,咱们部队一放假,小石锅就端上来了,专门做我华师人员买卖,听到东夷口音就问:青年,家在哪啦?为撩勾我华师人员思乡情每天惠赠驴肉丸子,一碗他们内古法特酿。哈小酒时谈好价码,夜里偷渡过去就有人接头，剃娃娃头，刺九头鸟，换草裙，脸上再抹把锅灰。咱们过去追——这都有协定阿，狗都扑倒了——狗不管内个！当着你面不承认，愣告不叫石头、柱子，扇着舌头说叫阿炳，番号叭叭报出来，河姆渡旅某营某队什么的，人家长官出来领人，你没辙呀，只能放人。听说沿途都有站，管吃管住，一站接一站，一直送到黄泛渡，你说你哪么办？

颛顼说……《全夏书》此处有脱简。

李鼻按：此《全夏书》应是宣王元年伯阳嘱卫子重编另撰百、涿、绝诸卷。刚完成汇入全编被称为次卷，也叫外卷。幽王骊山之难，犬戎入城，虢石父携幼太子伯服据夏庙做最后困斗，见势去，堆竹焚庙以全志，《全夏书》二度亡佚。余尝与鄾侯婴善，蒙他看得起，经常送羊腿，聊些文渊旧漪。据他讲，其父当年入咸阳收秦丞相御史律令图书，得《全夏书》数箧，计十数卷，无一册无有烟瘢烙痕，箧底犹有积炭，依总目录检索百不足一，并未见次卷。伯益先生时为前秦图书馆管理员，办理移交时亦在场，对这十数卷书有印象。据他回忆，这批书简是当年秦始兴扩宫室旁及夏庙遗址发掘所得，经他手整理入库。当时数量还要多一些，算上断简残编应有百余卷，后李斯以借阅之名索去不还。李斯犯事家产入官，这批书简半数放在办公处，因置留丞相府，萧何接手时就这些个。据伯益先生讲，当时他还曾建议萧何去秦宫内府一查，余卷可能和李家浮财搁在块堆儿，萧何也应了，孰料形势很快生变，鸿门宴后，刘楚军仓皇退出咸阳，项楚入城，跟着就是一把火，复入咸阳，惟见赤地矣。言而总之，两下之说对上了。

建陵侯绾，卫子之后，亦与余厚，经常送羊腿。说起乃祖所为，都付与笑谈。尝与余言：幼居代郡大陵，老宅有一口井，水是齁的，烧羊肉不入酱，自带酽赭，饶有熏腊味儿，烙饼亦有松香，全家老少都特爱吃这一口。后久旱，井枯，刮巨风有哨音绕垣，掏井得缺耳铜簋一只，锈蚀金罍一，溲沤竹简千数枚。考查簋罍形制，可判为西周遗物。竹简经浸洗，依稀有松烟墨迹，经族中老人辨认，属卫氏独门草书，创始人卫子。家族传说骊山之难，卫祖随众出逃，因名声太坏，无颜归卫，遂东渡奔晋，投傍故人祁氏，隐于大陵文峪河南武涝村种黍麻为生，没世于彼。这批竹简应系当年背回，不排除部分文字为日后居晋所续。至于为什么投置井中，已无确考，可能是兵燹匪患所迫，祁氏属地春秋战国年间数次易姓，地方不靖。也可能是限至幻灭，绝而弃之。据说卫子老来颓甚，万邦风咏集收有《卫风·考槃》，一般被认为是卫子所作，亦为南武涝出土简书支持（诗经本借有此出），其中有"独寐寤宿，永矢弗告"这样沉痛句子。这批竹简（史称南武涝书）后来就一直保存在南武涝村卫氏宗祠。卫氏子弟习字皆以此简落拓为摹，卫绾的瘦草底子奏是内时打下的。这批简书经卫氏几代族人研读，已勘出部分正是卫子所撰世人得闻其说未见其貌之《全夏书》次卷，也印证了学界一个传言，百涿绝三卷实为二卷，"绝地天通"从未单独成卷，而是作为重要一篇附于涿鹿卷，与之合称：涿绝。在卫子老人笔下，此二事原为同一事件不同阶段，绝地天通实为打扫战场，或称：收官。经此变后，涿鹿会战方称落幕。

南武涝书后来相继整理面世还有弥足珍之风后、玄嚣、蟜极诸亲历者回忆。尤特足珍是尚待整理卫子为准备续貂进行阅读而写下的大量备按评点。还有相当可观疑似李耳老人亲笔誊录——因墨迹迥异，不是卫氏草书而是正体蟹爪大篆——诸多当事后人访谈（持此观点者主要为南武涝学东说派学人），江湖上称卷外卷。以及部分十分可疑亦甚可观历经五百年水润拓痕恬淡仅存哈嘘晕染如霭如渍之零枝残简。笔道乌涂、难以辨认是南武涝书共同特点，仅就这点而言这批几乎如同白板之残简也并未比已整理出来部分更可疑。促人怵惕，不得不多问一个为什么的是南武涝学研究中那样一个现象：材料愈不可靠则愈具重要性。余曾有幸得窥这些白板，于卫绾老府一次家宴席间。卫老喝美了，自壁中搬运出残简数枝，指戳旁人无从入眼乱云脏沁说：我不是来炫耀的，这都是古歌，当年流布于军都太行诸山及灅水两岸军谣攘辞，您听这句：太初有思，移涌成辞，万物借辞而生——牛插么？余谓牛。卫老说您猜作者是谁？余谓请教。卫老说这不写着呢嘛……蚩尤。余惊且望外，曰：敢问怎么看出是内俩字？卫老笑矜不答，夸道：卫子著作诸说皆由此出。言罢酒半醒，强嘱余背过脸去，抠抠窣窣，将竹片匿藏于深袖，再三嗔怨：真不该跟你乱说，我这酒一多，就忘乎以。余告慰之：您踏踏实实的，贵门书技举世独创，活野草一般，摆大街上也无人能识。卫老回悔作喜，说真哒？我说真的，必须逮说贵老祖高，都想到了，这哪里是书法，必须是暗码。卫老复言我也无意据为私有，将来勘译出来，也是要贡献于时学。我说是是，事儿也不是你们家事，你们家守的内门子秘呀？再者说，往根儿上捯，贵祖乃受吾祖所托创作，属委托编剧作品，我要不厚道，倒要和你争一番这批物料原始版权。卫老认账，说还真是这么回事。于兹不再避余，开放壁中书，每于酒后与余——间有伯益老——搬弄炫品指点笔触为乐，南武涝学于兹兴焉。

  余尝有闻，初，文皇帝在代地做王时风闻此书，遂委托彼时与他赶车小子卫绾向南武涝村馆借阅此书，小卫于兹传王旨将南武涝书悉数拉走，呈百涿绝卷于王。王看没看不知道，之后径入长安做了皇帝，书就一直搁在他老人家那里。

  文皇帝崩，即作为先帝藏书依例收入石渠阁。此事为余亲见，马谈兄也知道。后，小卫做中尉代为贺周亚夫母寿暨平定七国事，主动向太尉府骑裆阁捐赠包括风玄蟜忆往在内一批竹稿——这也是可以查到的。剩下的就尽在卫老一壁了。

南武涝村历经变迁，子弟中人农活越来越熟练，能草书者渐稀至无。历任卫氏族长颇有振兴读书意盼，多次背柴鸡蛋陈醋赴长安谒见卫老，恳索南武涝书以为镇族之宝，数为卫老滑拒。后卫氏宗亲每于闾尾控诉卫老霸占族产，引动巷议。卫老有点扛不住，商请余设法。时逢伯益老收使唤丫头为妾，装修厨房，拆卸一面多年烟熏湘妃竹隔扇。余撮取一竹箕，往请卫老甄鉴，卫老不能识。遂以一壶清油钱买下伯益老整面隔扇，择良日做个排场，郑重赠还桑梓。今南武涝学研究成果嵯然，大家迭出，卓著者有东说西说两派，东说依据便是内面隔断，俱是望斑泪生义，读者不可不察切切。

15

考查卫李遗竹，黄帝纪年六年春夏，涿鹿战场及整个燕北——也许还有更广大地域——没下一滴雨，遭到持久严重干旱。目前已知几乎所有经过整理古歌都对这场干旱有所反映。"炅炅高阳，响晴如焚""麂纵于河，龙宾于野"被整理者卫绾认为是著名战斗歌曲《清角》失传歌词。初判出自瀍水之右执行守备炎黄所部夏族歌者，因其风格堂丽与《九丘》收录夏歌相近，除临阵高歌激扬斗志亦可用于战后慰奠亡灵及大型襄祓法会合唱。证据二是阴山发现一组岩画，其一为朱砂设色多棱圆圈悬于三角形之上，经卫老考证圆为日，三角为火苗，正是颛顼文"响晴如焚"象形。岩画作者一般认为炎黄部队宣传干事侯岭可能性最大。同组另一岩画朱砂设色浅雕四横杠，卫老训为苇。又一硫磺填色浮啄飞飘抖线，卫老训为尘。与一首已被证明是侯岭作品同时代哀歌句"赤韦绣麈"图文契合。另据《全夏书·涿绝卷》记载，黄帝六年秋，炎黄所部坐困涿鹿，一般士卒日常炊饮已不能周济，黄帝遂率主力一部移师口外就食，后追逐野黄羊西渡西拉木伦河，到达河套地区，有同时期军谣"淆兮蕤兮，射石青山"为证。侯岭完全具备条件在那个时刻现身阴山。

伯益先生在其名著《女魃之死——古北极端天候引发的惨案》（以下简称《女》）中指出：今时燕北人民对三千年前发生内场大战记忆已全然混淆近于荒幻。学界关于百涿大战发生时间向有两种说法，一是三千年说，以黄帝纪年顺延至我元年为序；一是四千五百说。此说依据不知在哪里，可能根本怀疑黄帝纪年为后人杜撰。从今涿鹿之野遍地遗留泥质灰陶鼎残腿、含沙赤陶乳状鬲足分析，及冀州土地翻耕掘墓所见海退遗迹，多支持三千说——读者可根据自己生活年代添千晋百——故本文采三千说。保留在冀地民间传说中最著名且令人扼腕两个人物是应龙和女魃。此二人皆非军事成就难忘受人称道，所行壮举无非蓄水、排涝，应列入对抗自然灾害，与历史记载春涝夏旱匹合，显见其时救灾优于军事斗争。女魃身份比较清楚——巫，地位较高，深得黄帝信任，才有机会在一定是大型禳祓法会上作法露脸。查黄帝身边满足这两项条件，即具法力又深得黄帝信任，史上留名女子只有简和魄。嫘母与嫔夫人亦具同等条件，考虑到女魃悲剧性下场拟不在论。同理，简下场也不算没着落，最终嫁入发小帝訾侧室，与合同非婚生子也颇有出息，成就一代帝业。这样排除下来，唯一中彩者只能是魃。

传说中女魃乃天女，常情判断应是法会表演时扮上了，为参演军民惊为天人。加之她又是东夷人，黢黑美丽，与冀州土人鼻目殊异，确实是来自外地，往没边儿——出格想也符合民间叙事散漫跨界思路。马谈兄《骨辞正义》指出：人类语辞演进可以名词、动词、形容词相继出现为路径。考查上古先民村言，率朴直拙，名词有限，动词丰富，几无形容词，遇事遇物无可名状，多以类比代，故比兴之法多见于歌咏，久之有喻比偷换——等同于事实之弊。女魃说可为一例。

应龙寓指何人莫衷一是。伯益先生认为此人大概率来自南方，在蚩尤部队负责水工，来时正赶上汛期，冀州地界多条江河山洪爆发，不少河段形成堰塞湖，此人应是抗洪指导者，多次冒雨来到现场指挥疏散或行洪，内种掌控一切之淡定和决断力，给围观群众留下既敬且畏印象。以史前人民天人感应凡天灾必是人祸之粗犷世界观论，自然认为这一切都是他所造成，故而不乱，有办法——解套还须系套人么。此人地位不是一般的高，伯益先生认为此人就是蚩尤本人，应萤同音通假，蚩萤字根通假，尤为龙省笔，有他家出土隔扇"萤尤战于涿鹿之野"和"擒杀萤龙"二句为证。《全夏书·涿绝卷》亦有一条卫子按评，曰：蚩尤南地尊号本谓赤龙，涿鹿战后为黄帝所贬，降为虫，名蚩尤。是为证二。

伯益按：今我汉正体字"龍"炎黄时代尚未成字，只是一幅冀地闺中流传刺绣图样，相传出于蚩尤夫人，多绣于鞋垫、头帕，有走道出门辟邪之意。现吾宅尤存夫人陪嫁原物数件，系祖传。上古文字驳芜，与今正体多隔，有添笔有省笔，意趣亦大相径，语文家幸勿错会，为通家嗤，下不赘述。

西说派主将李鼻先生认为不一定，应庄部首通假，庄型字根通假，飞龙在天，格物通假，也可穿凿为型天。有古歌"土龙在田，形形云泥。应时运极，他日化霓"为证。这古歌讲的是一野心家闲来观察雨后蚯蚓打洞，于寸壤中见嬗变而生感悟。蚯蚓与龟在先民认知中都是能感应天时灵物。有论者认为作者是眯哥，本文在此不讨论。司马谈亦有一假说：应因一音之转，因公词组通假，公公－共工谐音通假，故也不能排除共工。共工专一负责土木工程包括水务向为史公认，不能想象出现堰塞湖他不到场，民众产生误会那是民众无知，且共工抗洪斗争结束后哪儿也没去继续奔波于抗旱斗争第一线每每嗟呀无措较匹合传说中失去法力流于平凡之大众观感。燕北洪峰过境蚩尤军尚未入冀亦是有力证据之二。

应龙有翼限制了论者想象力。卫老壁中书有"采苇作裳，毿毿如翼"句，可视为有翼一种解释。想来冒雨抗洪者皆披蓑，是通观。后南武涝父老斜劈毛竹，日晒雨沦深度做旧，高价零卖回伯益老。伯益老耗尽神思，焚膏废寝，差点烧了内堆劈柴，得八异体字"毳服翃翃，赤龙蓆敞"，实锤认证蚩尤即应龙，身披细羊毛大氅，人以为翼，结束了这场争议。

有证据显示，泼醋沤埋竹坯在南武涝一带已成产业，伯益夫人发现家中囤竹组装起来已不止一面隔扇。卫老回大陵祭祖顺带立牌坊发现老宅山后原有内坡怪竹林已遭尽伐，曾经一道家乡名菜笋尖醋烧羊肉如今只能以山药大烩菜谬代。

伯益先生在《女》文中指出：应龙女魃在传说中显著地位已足够说明巫术在上古战争中的重要，至少是一种战役级非常规武器，一般用于战役发起前和战役进行当中进行气象干预。常识告诉我们，上古内些手拿石块和棍棒战士互相扑向对方时多么需要一个好天，这不仅利于战士发挥体力，敌我识别，也方便指挥员瞭望战场，阅读态势。更重要的是可大幅减少感染死亡人数。参加过上古作战老兵都知道，由于武器不凑手和非致命性，当场殴毙一人需较长时间和反复发力，有时还需多人协同，于作战效率讲，不经济。故部队训练多注重普遍毁伤，封眼开瓢什么的，尽可能多使敌方人员挂彩，有个开放创口战斗姿态便会变形，格杀动作亦扭曲，下降为王八抢，或因疼痛暴怒头脑空白脱离阵线与敌抱摔在一起什么的，久之体力必不支，对整体战力而言，是损失。

据统计，一支部队坚持战斗时间和作战效力与人员挂花比例成反比（因缺乏炎帝部、蚩尤部数据，本文仅以黄帝本部老夏二师河南战例为样本）：伤员低于或等于十分之一，部队坚强不动，进攻或防守效力不减。达到或超过五分之一，则攻势不能维持，部队只能转入防御。达到三分之一，则部队动摇，遭到突破无法恢复，一翼行将或已崩溃。超过三分之一，则指挥发生混乱，命令无法下达分队，一部或大部分队处于无组织抵抗中或发生擅自撤出战斗。达到或超过二分之一，则部队不听命令，发生哗变、弃械投降和全面溃逃。部队长应立即下达总退却令，尽力挽救部队，有序撤出战场。

曾在夏一师任职参加过夏二师薄丘会战及之后大撤退后又在炎黄部队编遣司令部长期工作风后老人在其回忆文中讲：战士有三怕，一怕吃不饱；二怕瞎指挥；最怕是受伤。为什么怕？还是和我们战场救护跟不上，救护人员缺乏——只有我们几个巫医——有关。我们懂什么？强项也不是外科，简单包扎、止血都做不到——现画符，念咒？你们信不信能起作用？反正我不信！只能自己处理，抓把土捂上。有时同袍战友帮帮忙，有时战友也顾不上，大家都忙，敌人还在往上冲，自己也没空，来不及处理，就那么晾着，一个小伤搞不好就影响接下来的行动，土一攮，乃至破伤风，危及生命。

我们也没办法，也忙，采药请神问占都累劈了，结果是伤员不信任。尤其是出国作战，无后方，每天跑路，地方状况不明，老百姓对我不友好，伤在头脸肩膀，只要不是要害部位，抹一把血还能跟着跑，伤在下肢——脚踝大腿，就可能掉队。要命啊！让人家抓了活口，落到对方部队手里还好，落到老百姓手里，不知卖到哪里，找都没地方找，哭都没地方哭去，所以部队有那么一句话么：不怕死就怕瘸。

司马谈按：石渠阁现藏百涿之战几位老人回忆文均为对话体，对话者大都无闻，乃至终篇不插话。李鼻先生断言就没对话者，对话体乃是上古行文首选设若不是唯一体例的话。李鼻老一直有一个观点：先有思想成熟而后文字蕴生。李鼻老原话是：你想啊，一个人没有什么心里话他写什么字？过日子飞短流长说就是了，我们认识的废话篓子还少么？余深不敢赞同，穆天子西征载回文献已证明史上最早文字是一账本，写在泥上。再来就是行政文书、商业合同和天文报告。而后有法律碑作、记功勒石——那倒是也不能说这都不叫思想。窃以为李鼻老观点修正为：文字的出现除思想成熟有话要说还有社会交往需要。较为妥当。余亦颇赞同鼻老另一观点：炎黄时代是我先民第一轮思想酵贮——发泡期。斯时我华夏文字尚幼稚，相较于语言——丰富歌谣俚曲——处于从属地位，只是一种新兴载体，专以听录，古人所谓不述不作。

李鼻老在其名著《绝地天通——史上第一次百家争鸣》（以下简称《绝》）中写道：百家争鸣必要条件是八方龙蛇会戾。史前冰河多次消退带来大洪水满足了这个条件，使山南海北、风习殊异、本无交道人们纠合到了一起……

涿鹿会战后期，以桑干－灅水为界停战线已不复存在。占据河左蚩尤集团除个别部队决意南归（如驻门头沟之良部，不但成功返回原籍瓶窑，还在未来千年获得发展，成就大国），其余各部均解除战斗姿态，就地转为屯渔或屯樵或屯猎。并赖循这种渔樵生活既有模式向山高水长地带移动，逐步迁入河洲，登陆河右，与炎黄集团当面各部形成盘根错角之势。

起初，炎黄军实际负责人颛顼还试图维持河右，曾给部队下达"敌不动我不动，敌动我就不动"被战士称作"木头人"之令。后部队原华师人员大批逃亡，开始还是个别战士串通偷跑，后接连发生高级指挥员率旧部整建制出走恶性事件。如驻河洲棍二师姜高风丑事件。三河口拳击旅姜孟舞犁事件。上河湾散打总队姜克烈熏事件。致炎黄军河防完全洞开，愈是一线部队缺员愈甚，很多营队已成空架子，军不得已，只得撤并番号，对凌散乱人员进行合编，重新进行部署。

据风后回忆，他所在编练司令部（这个司令部原是为炎黄部队整编成立）就是在那时改称编遣司令部。除华师人员闹着要走，黄帝别部——陈锋部媼訾部内些戎人也天天去吵，说不打仗还让老子们耗在这儿做么耶？搞了一冬天了没搞头，还要搞一夏天——搞全年么？跟他们解释现在是休战，战争并未结束战事随时还会再起，战士职责以及坚守待变的意义，也不听。分配新单位，也不去。把编练司令部粥锅都泼了，说谁都别吃！有特么什么好吃的，刮肠子玩意！老子们天天叨小米，都成鸡了。颛顼来，也镇不住，摆老资格，说老子们跟你爷一起抢过人，叫你爷来。闹着要去找黄帝，说当初怎么许俺们的，一个月打下东夷，三个月扫平南蛮，大家发财。颛顼也没办法，只好说好啦好啦，让他们走，谁愿意走谁走，不留。这口子一开，八得了！我们这个部门真成遣返站了，戎人一天到晚三五成群龟头鼠脑串门，说是登记复员，有序离队，临走必顺一件东西。当时我们也有个政策，编成歌子宣传，歌词大意：高高兴兴来，心情舒畅走，哪么您捎上根草，不能空着手。——唱遍部队。所以我们也只能尽量做好服务，只要别摸到我身上，看见兹当没看见。

后来我们索性搬到露天办公，天也热，光溜子，看你手段往哪儿使。后来上三部老人儿也陆续有来，还知道不好意思，磨磨蹭蹭，进门散枣，不说复员，说请假，家里实在困难，男人多半年不在家，妇女搞不过来，孩子都让狼叼走了，狼都堵门口了，没狗帮着，都上炕拉大人了。是不是实情？是不是也逮放人，能黑下心撒这欺心大谎，说明此人去意已决，好走不成就赖走。风后讲，部队也是个人群，一股风吹过来，内股劲儿——向心力就散了。黄帝带着老部队北狩塞上，说是搞饭吃，一是真困难，山上枣子都打光了；二也是不走不成。几个砲师我都去转过——那都是我们老部队阿！完全不像个部队样子，日常勤务没人搞，战士头不梳，脸不洗，疯疯癫癫装彪卖傻。砲砖不见了，对岸蛮子盖一片小楼，本来跟高低杠似的树皮棚子都砌了砖墙，说是一块砖一条小鱼倒卖的。我就在现场——我、巫咸、常先几个，对岸鱼贩子内个叫型哥的家伙就背着白花花一篓鱼来做生意，跟我们战士一手交鱼一手交砖，当着你面，满不在乎，根本不把你放眼里。人家买卖都做进你的阵地来了，我对黄帝讲，再这样下去，过不了几天——过不完这个夏天，我们就没部队了。

部队走的时候跟打败仗一样，当兵的夹着包袱，能卷的卷，能披的披，拿不走的扔一地。还讲政策，颛顼的好主意，营房——内些个破寮棚，要清扫干净，留给将来可能进驻南军使。砲——都劈成劈柴，整齐码块儿堆给人烧火。还想着给人家留好印象呢。队伍没出营就放了羊，忽啦啦跑。我们这边人还没走完，蛮子就赶着鹅进来了，痛心阿！

风后讲，我跟蚩尤很熟，搞遣返也没少跟他们打交道，他们内头跑过来也不少，杀了人的偷东西的，这都要送回去。搞破鞋的，看双方意愿，都是人，讲感情。很多事要高层直接谈。我们和蚩尤一直有一个单线联系，开始是山戮负责，后来我负责，直接对龙爷——我是说蚩尤，我们私底下都叫他龙爷，他真名——小名，叫小龙；在家他媳妇，九黎国老人儿都这么叫。这回我军撤除河防，还是我负责留守交接，家当没什么了，都是些破烂儿，可以给他们。很多病号带不走，要在当地安置，很多人病了很久——病得要死，就这几天了。还有我军一些伤退人员及其家属，要回老家，这都要协调。底下人不好讲话，还是逮找龙爷。龙爷这段时间身体情绪也双不好。你听说过内段时间我们这里发生一个事——女魃事件么？战争初期我们这里不是发大水么，我们有一个女同志（李鼻按：此处透露风后巫身份，上古巫，自称慕道者，上应天道，下察人道，道中人同气相求，志味相投，互称道友、同道、同志），主祭日，祭寒暑——我必须说这件事我有责任，本来我主祭日，这个女同志主祭月，可是内段时间我在生病，过敏性鼻炎，老打喷嚏，还有些花粉过敏，身上起疹子，痒，老挠，四肢流脓，不洁，祭日工作就推给了我们这个小姑娘。实际上这个下不下雨和这个祭日活动也没关系，每年小虫子出土十五个月圆之后，太阳直射点北移，黄赤相交，从此昼夜平分——这一天，我们都要祭日。但是不是因为内年老下雨涝得厉害么，大家对太阳格外渴望，正常祭日被寄予太多联想和指盼，太阳一出雨就停了么，理解。

我们这个小姑娘祭日完全是常规操作，日落之后摸黑在灅水边垒一土坛，咱们夏人不是崇尚黑么，夜下吉祥。炎黄二帝以下以及我们这些人，附近部队，老百姓都去了，全趴呢儿，宰一小牛，埋地里，算是送给太阳一份薄礼，听说特么的姆们一散就被兵们抠出来烤烤吃了。——巧了还！当晚前半宿还下着缸裂了似暴雨，小姑娘搞搞弄弄，后半夜雨就没了，天一亮——出老阳了。老没见，那红，那敞亮，跟打着金镲似的。都夸小姑娘灵验，黄帝当面表扬她，小姑娘也骄傲，这一下全军——全地区闻名。接着您猜怎么招？改彻底不下雨了。再请小姑娘求雨——你不是灵么？完蛋！小姑娘夜夜拜月，求雷公告电母，小脸蜡黄，都托付到了，第二天，红太阳！小姑娘也莫得办法。一来二去，反应来了，先是叽叽喳喳底下议论，说小姑娘搞错啦，太阳公公是大神，雷公电母都是小神，托人还是要托大神，小神做不了主。黄帝也来问过我，可否设法请太阳避让一两天。我说自古祭日都是请他老人家出山，没听说请他老人家回避的。

黄帝说也是——黄帝懂。后来这个谣言就恶毒啦，说小姑娘是魃——旱天魔。小姑娘找我哭，我也莫得办法，只能说你吸取教训，群众很阔怕，群众昨是而今非。后来发生揪打小姑娘恶性事件，甚而有人提议燎人祀天——把小姑娘堆柴烧了祭天。这还得了！我连夜带人把小姑娘保护起来，还是遭到广众围攻。莫得办法，只好把小姑娘带出来，当着众人剃光头，给众人讲：看看清楚，她虽然是魃，法力已被我废去，让小姑娘去猪圈监督劳动。这个事我是请示了黄帝的，巫咸可以作证，说是我个人决定，不是事实。这个事对我们巫界都是个教训，不要轻易讲自己灵验，到时候下不了台。

风后讲，当时我们也没料到，这个谣言还有发展，当时以为压下去了。旱得最厉害时候，两边部队为争一个水坑打了起来，我去蚩尤那里解决问题，龙爷不见我，正在发火，骂人、摔碗。我不知道他冲谁，也不认为就是冲我，领导一支杂牌军我太知道了，每天工作就是发火，我就坐等。他们司令部新修了一游泳池，水很好，没人，我先下去喝了个饱，然后泡澡，正在搓泥儿，把我叫进去。龙爷脸黑着——本来也不白，问我青龙的事你听说了么？我说什么亲龙？看我不像装的，龙嫂才把龙爷火大缘由说了一遍，说近日起了个谣言，说我们小龙真是条龙，年初大水就是我们小龙带来的，如今天旱还是我们小龙造成的，因为他拘禁了风伯雨师，使风雨不能如期而至。我们这儿刚掏了一贮水窖，就说我们蓄水，想着再涝一次，你说我们招谁惹谁了，我们没在水里，——在旱里么？我说是是是，此说荒悖无比，令人发指。

龙嫂说这件事对小龙影响很大，影响了小龙威信，哪儿的事呢，我们也是水灾受害者，我们两家多少亲戚没了，多少熟人——有些是很好的朋友……我说没人得好儿。龙嫂平复了一下情绪，说现在我们追查下来了，谣言起于贵军。

我说我回去查。龙嫂说具体说起于你。我说阿！怎么是我？这可不能乱讲。龙嫂说你最近是不是处理了一个叫魃的女孩子？我说有。龙嫂说那是整个阴谋论一环，那个女孩子能使水断流，动机就是和我们小龙斗法，我们纵雨她放晴，过度使用了自己神通，造成今日大旱，被你废去法力。龙嫂笑吟吟说：现在，你怎么能让我们相信你对此一无所知？

我说小平，你相信我么？龙嫂笑而不语。我转向龙爷，无比诚挚地望着他：哥，你看我像挑事人么？龙爷接不住我眼神，说我正跟小平吵呢，我看你不像。我正色道：龙爷，你是负责人，我也是负责人，咱们都是平事的，我怎么可能生事呢？龙爷说我也正跟小平讲这道理，他们给我造谣——图什么呀？我说这件事我一定彻查，严查，回去就查！我还必须跟你说，小平，有人会因此倒霉——倒大霉！不像话！造谣造到外军头上来了。小平抿着嘴吃吃笑，说：行啦，不是你就不是你吧，我们其实也无所谓，给我们造谣的多了，我们也就那么一说，赶上你来了，你要不来，我们也想不起来问。哎，问你，你们把内个女孩子怎么样了，不会真怎么样吧？我说不会，也就是一般般处理一下，平一下民愤。

小平说听说你们把人孩子头都剃了。我说这你也知道，那你更该知道这孩子是冤的，内晚她是替我值日，登坛作法，内天，这整个谣言——大斗法，还一颗吐沫星子没有呢。

之后我们就聊别的，铲该铲的事。小平烧了"依度西"，一种生肉咸肉和腌笋煮在一起汤菜，我们忒搂了，很开心。

回去路上我这气，才上来。这是碰见明白人了，换个人，问都不问你，解释都没地方解释去。两军工作不好做。

到家向黄帝汇报，黄帝很重视，要求我把事情整个经过口述下来，侯冈做记录。小侯问了几遍龙叫什么龙，我亲青因拎不清，他们南方人讲话有口音，最后胡乱认作：应——应龙。这确实是我说的，该怎么说怎么说，我对此说负责。

黄帝讲：就在这几天，你不在家时候，谣言又有了升级版，把我也扯进来了，说内条龙——你们叫应龙吧，是我派的，蓄水准备灌南军，结果把自己勺上了。一些人，内个狗总，带头，把共工打了，说他就是内条龙。我说部队情绪很不对呀，应及时处调。黄帝说处调一定要处调，就看怎么处调。过没几天，部队拉走了，闹得最欢几个人被通知留下，不得随军行动。狗嗮儿向上找人，得到答复：不解释！

16

我说这个风后回忆录记得小时候看过,没这么多内容阿。司马谈说您看的应该是石渠阁的本子,是没这么多,也就两卷本,还有一卷是残的,他们聊的这个是根据南武涝最新出土订补,目前已知——就我所知——已增至七卷。听说还有很多残简未及清洗,整理出来还会更多。我说哦哦。

李鼻先生在《绝》文中写道:……山南海北、风习殊异、本无交道的人们纠合到一起。这些人是战士,也是农人、牧人、猎人和渔夫,另一个共同身份是多世界说信从者。不相信这个世界是唯一,在此之上、之下还有世界,代表着我们来历和去处,也即不相信人的生活止于此生,还将延连到死后——生前亦早已发端。换言之,都是乐观者,相信生命永续,只是在在不同,由此有灵异,有魂灵,有轮回,有飞升,有下凡,有复活。用他们的话说:这是一个事实。

起初,黄帝带队出走时有个内部掌握,华师人员除非强烈自愿,原则不带。黄帝倒是请风后代表他,专程上门征求炎帝意见,要不要一起走,吹一吹草原上的风。炎帝说不了,我身体也不好,就不动了,草原风太硬。风后说也好,反正我不立刻走,还要处理一些事情,有事还可以找我,我还在。炎帝说你在就好。

黄帝走后,蚩尤率部涉过桑干进入涿鹿大营,先去看望炎帝,一见炎帝就说快别起来快别起来,怎么瘦成这个样子,脱了相,才几日不见。炎帝躺在地上强支脖子说:入夏就没停闹肚子,一直拉,吃药也不管用,好两天又不成了,你也见瘦阿。蚩尤说我也拉,吃什么拉什么,小平老说我不喝开水,你都吃什么药阿?小平,把我药拿来,我这药管用。

小平说你们这些男的就是生活习惯不好,我怎么不拉?摸出一个黑丸子,问炎帝:你这儿有什么东西能烧开水么?

炎帝说一样的药阿。小平说我跟你说这真不是药的事,一口生水不能喝。炎帝说喝一辈子了。小平说那现在就得改,你这儿平时都谁照顾,有没有人呀?捂着草帽魃举手:我。

小平说我跟你说,第一,要给他烧开水;第二,要给他烧开水!棚内要打扫,吃剩东西要扔,这都脏成什么样了。

蚩尤说小平,别管人家那么多事。小平说小龙!对魃说:这碗、锅扔了,我拿干净的给你,重点是:要刷。蚩尤说特么的就是拿脏水刷造成的，哪还有条干净河呀，都往里拉。

《全夏书》记载：是岁岁星失次，早出房宿，旱魃不去；五星色青寰，有大疫，军民半死。古歌云：菹菹如韭，率而复刈。形容人像韭菜一样，熟一茬割一茬。民间谣啄为：兵主犯岁，老天收人之年。今天知道，那是肠道传染病大流行。至我汉，卫生条件已经很讲究，马桶镶金，茅坑铺枣，拉肚子仍是时疫，宫里每年度夏也要死很多精壮男女。我问我的首席御医张苍公先生，到底什么原因呢，跟天热吃凉东西有关么？张苍老引用当年岐伯回答黄帝话说：还是土气郁发，雷殷气交，化气乃敷，影响到人腹胀肠鸣，老上次所，他那里云奔雨府，你这里饮发注下。我想了半天，说：还是天人感应？张老说是。我说不是病？张苍老说看怎么说，在天，不是病。在人，受不了。我说那怎么办呢？张苍老说吃药。

岐伯传下的应对之策是食用当年收获新谷和反季节用药，用寒性药时避免寒时，热性药避免热时，还是要低调，尽可能与节气保持同温，不要过度超出自己，招来外邪与你中和化匀。方子有桃金娘、飞扬草、臭椿根三味，显然不是全部。南武涝出土相当数量写有蔬果名零竹散签，初以为是伙食账本，后发现有些明显是吃剩的东西，经张苍老审核是腹泻方子，其中有马齿苋、山药、芡实、扁豆、大枣、杨梅、干石榴皮和鸡蛋壳。一般认为上古巫医不分家，部族领导人多有巫教养，非如此不足以动员民众，凝聚人心，故有个舌腻嗳恶中堵肠滑给自己开只方子调理一下也是捎带手的事。

黄帝与岐伯话路之深，哪里是两个医者在论医术，分明是两个大巫在聊世界观。巫者，医之兄也。张苍公之师，伟大的汉医脉案学家，九等爵五大夫阳庆如是说：人有三患，一外邪格内；二心因滞症；三胎里带（俗称遗传）。风寒湿痹那都是表征，观象运数，以形补形只是去表。对一，作用显著。二三则只能说是维持，缓得一时是一时。尤特是二，表在此而心魔在彼，对症下药庶几可说头疼医头脚疼医脚，救得了急救不了命。何以故？——巫医分家。古巫三大法宝，或曰利器，我医家只得漉草榨汁、针刺灸罐末技，他巫家独匿精神大法，或曰信仰疗法，正是疗那中二之患绝技。胎里带谁都没办法，用我老师大良造歧义的话说：那就是该死的病。是上天为自然秩序设定的生理屏障，以免个别物种出现生而不死，老而不化，到最后谁都拿他没办法这等畸妄的事。这是另一门学问，你我在此不展开。

何以故？公乘老师接着说，也不是他不传，此事牵涉到当年——上古发生的一政治事件，禁了传的可能，断了学的路径。巫－医就是内年分的家。具体奈一年，因为什么，你我在此不展开。结果告诉你，巫被打入不入流，赶去荒远蛮地卖彪。我等流落民间，沦为技术流，方法师，扬汤止沸专家。

此番话是公乘老师在张苍公、淳于意他们内班学生毕业时讲的。老师传给他们老师著作《黄帝扁鹊脉书》，说这是给你们吃饭的。又叫张苍公、淳于意这两个成绩好悟性高学生入内寝，拿出古本《素问》《灵枢》各三十六卷命二子就地抄写，说给你们提高，不甘于做止沸家，有兴趣看就看看。这是真正的古卷，岐伯黄帝原著，今人所本内两个八十一卷，尽是后人蹭名蹿入。张苍公说他抄至四卷中，就举手喊老师老师，这前后用竹不一，字体也有出入。老师面不改色，说：那是老师的老师的墨迹，你以为何物能千年无损？

张苍公说我这句问可能得罪老师了，后来听说他单传秘籍《听洞》九卷于淳于意。古本《黄帝内经》原是三部，秘部失传，《听洞》就是内三缺一，专讲异术、通灵、揆度阴阳外变、祝由、降神驱魔诸精神大法。为历代帝家严禁。

我说也就是说，淳于意——会？张苍公忽而惊惧：我是不是说了不该说的话，忘了正根儿在这儿。禁，只对我们民间，深的，秘的，都传您呢儿去了。我笑，说没有的事，没什么不该说的，我是知道一些，跟你说的两码事。听说扁鹊不信这些个？张苍公说嗯，他对巫有点看法。我说李醯信？

张苍公说西北地巫风本盛，自宣太后之后又通楚巫。我说所以李醯不容扁鹊并不是技不如他。张苍公说他们都是我师爷,他们的事真不是我能说清楚的,——我都尊重他们。

我说门内有不让聊规矩么?张苍公说真没有,真是不知道。没四,我说,只是问问。淳于意曾任齐国太仓长,在齐地亦被唤作仓公,人多与张苍公混谈,因二人年龄相近,个头差不多,又都是方面阔耳白眉黄髯,路人叫声苍公,二人一齐回头,不要说不熟悉的人,就是我们这些很熟的朋友,——他们俩自个也要互相尬会儿。实情淳于入长安就职北军总院,先做急诊科主任,后迁普内,病人一般都叫他"老主任"。是为记。

话说回来,有相当证据支持黄帝、炎帝、蚩尤给自己开过方子。目前所知两个偏方传自炎帝,宫里来自齐鲁宫女经常推荐给肚子不舒服同事,一是炒鸡蛋加白矾面;一是生姜凌霄花慢火老汤。我自己也试过,基本属于食疗,真到痛下不止内一步,可说无用。由此可判炎帝当年肠症不重。

风后回忆录经伯益先生修订重新冠名为《那些年,我们吹过的牛笔》誊抄四份,一份自己留用,一份赠卫绾兄,一份赠李鼻兄,一份赠石渠阁馆藏(以下简称《牛》)。风后在《牛》文中讲:炎帝自服了小平送药身子就一天天好起来,能起来遛弯了,也不一趟趟往河边跑了。时,桑修之洲已不适合人类居住,垂死人们伏岸陈卧,河都臭了,看着像条毯子,红的是腻虫,黄的是肠冗物,蓝的是蓬旺水藻,味儿吹过来跟吃了屁似的。人们为喝一口干净水，不停往上游走，三三俩俩越走越远，只见人去，不见人回来。各部不能约束部众，只能跟从迁移。蚩尤部移往桑干上游泥河湾设营。河姆渡——犁部迁至修水支流柳河川厝身。风后讲，他一手安排了炎帝东归。南行要穿越疫区，还将面临漳黄泛区，灉水下游观汀峡至四大草甸（即四大淖）又为登贝莱部所阻，谁都没面儿。故他为炎帝规划的路线是走北路，经军都诸岭海坨、燕羽、云蒙入太行余脉小清凉山，复入西山八大处、玉泉、香山抵寒水。这一带都是老根据地，风后从小耍到大的地方，虽大多洞民——老乡亲已随部下山，风土依旧，自己就能行猎汲水，补充极易，且不惧遇袭，山贼亦是旧部。

　　风后亲自持棍护送炎帝，同行还有山戠、魃父女。一行人在山道走走停停，渴饮泉，饥采果，隔日套只狍子射翎山鸡，身体得到极大恢复。风后还记得在云蒙山遇到头一场山雨，大家跟接甘露似的，就那么敞着沦着，嗷嗷叫。魃喜极而泣，投入风后怀中，说我太冤了。风后抚着她新出茬还扎手圆寸说都过去了。这一路秋雨飘零，中间还下了几场透雨，白天走路停下来就觉得凉，夜里人们抖开皮裘暖脚。

　　走着走着山就红了，柿林化作一只小烛碗，山间终日叭叭作响像有人在嗑瓜子——那是青核桃在暗处爆皮。栖鸟叨着秋梨乍翅，掉落一地一地山楂咬一口酸倒牙。闻到木樨香就知道到香山了。四大草甸又蓄上了水，葱融间挺出一根根蒿子，或见飞云在田。有白鹤、苍鹭、绿头鸭大群飞来，降于水上。狸猫、赤狐、黑熊踞于草岸望天，踏浪捕鸟。

寒水老街迭遭乱兵洗掠，住户十室九圮，塌陷窨棚长出新粟，犹见烂绳破罐，碎陶缺鬲。风后去找关系，内家是一块平地。多推了一扇门，门里扑出野狗，母的，正在哺乳。

一行人匆匆穿街而过，行至通舟角，遇到一堆寒水逃出难民，伙蹲脏沟拢火取暖，都是五官不全上了年纪退伍伤残老兵，在通舟角拣海退物维生。听其中一位独眼大爷说，一些早婚氏大妈拉起一支队伍，跑回老根据地津塘湾打游飞，专在通舟角至津塘湾一线劫杀南军后方来往人员，战法猛烈，手段残酷，男兵被俘辄被拆蛋，南军恐惧，单人、小队不敢夜行。前一阵还听说烧了停靠海湾大批独木舟。

风后问有什么办法能和游飞队取得联系，他要护送一位重要客人桴海东归。大爷说只能等，每逢月圆游飞队会送一些鱼和海带，要没大妈接济，他们这些老帮啐早就饿死了。

炎帝说既然夜间行路不会遭遇南军，比较安全，我们可以自己走。大爷说使不得，有狼，多数夜行人其实是被狼拖走，肢体残缺，算在大妈身上，大妈说她们早不吃人了。今岁大旱，狼也改了习性，以前从没听说狼赶海，如今每逢退大潮，这一路全是狼，见人不吃，往海滩赶，也是活久见。

炎帝说好吧。于是一行人就坐等。果至下一月圆，几个大妈唖儿拿绳纪着甩在背后，瞅着跟多出俩膀子似的，拎着一大块血淋淋鲸鱼肉，来了。说瞧见牙印没有，刚从狼嘴里抢下来的。风后跟大妈接洽：我是风后。大妈横着眼说我知道你是谁，你还记得我是谁么？风后说你谁呀？大妈说记不起来不说了。风后说甭管你是谁，咱俩过去有什么掌儿，现在我要交给你一重要任务，这也是黄帝交办的，你必须服从。

大妈说是！风后这么这么嫩么嫩么说一遛够，问明白了么？大妈说明白！随后风后带大妈去见炎帝，大妈说哟！这不内谁么。风后说这是一号客人，不许提称谓。大妈说是！

风后说现在你可以简报一下路上情况。大妈说路上情况简单说俩字——复杂。举火走，招人儿。摸黑走，招狼。我和二号大妈、三号大妈走头搿，你们跟我后影儿，以不要跟丢了为距，听我喊：打！——就是碰见人了，你们就停，麻溜找地儿隐蔽。喊：跑！就是遇见狼了，迅即向我靠拢。

风后说这一路都是小跑，大妈们敏若伶鼬，点地无声，好多坑、树根，她们过去了，姆们掉里边——绊呢儿了。跑着跑着她们就不见了，一会儿又出现了，那是她们在等姆们。

内夜月光如灯，沿途都是眼睛——各种头、角、光滑的背。黑处充满响鼻、叹息、哈欠、忒嘞、呼噜和草茎折腰声。有时能觉到动物很近，内股牲口味儿——干燥皮毛膻倏尔浓烈。哥儿们瞬间头皮发炸，瞬间寒毛遍竖，几次脸抢地，哥儿们都不觉知，只感到脸疼，一剐五指泥，还有草针朽叶粘于眉鼻。媿妹责我：台上跌倒你不扶怎么还跨他身上？我说我，有吗？天亮闻到海，润润的、团团涌来的水腥。看到后半尾俱全，前半身只剩骨架——未完工巨艇般鲸鱼尸体。海鸟鸣叫渐次拔音如震耳小喇叭。听到人来从鱼腹机警撤出狼半截腰都是通红的。海上冒出四号大妈、五号大妈，各使一叶独舟，奋力抢滩，潮退势大，终不及岸。某力拖炎帝入海，半走半游，托举登舟。复次托举山兄。复次托举媿妹。拍水相送，目睹双舟驭浪远去。时，海水已及某口唇鼻间矣。

　　这是风后说法，此说《全夏书》不载。止于卫子遗竹上见一备按：轩辕去后，揄罔不知所终。卫缟先生在其名著《由人到神——炎帝传说及炎帝崇拜考》中写道：曾经一代名帝和伟大军队统帅炎帝揄罔百涿战后即不见于正史。与其英名一起消失的还有他的行踪。关于炎帝下落自古说法很多，聚讼不已，现将影响较大四种罗列如左：一百泉受诛。此说流传于神农故地东夷地区。《全夏书》成书前即由前辈学者伯靡先生组织过论证，认为缺乏当事人一手证据，能确定事实只是炎帝及其率领的军队一去不返，颇多折映军属伤心创痛之哀情，故难成立。二病殁于涿鹿军中。此说始见巫咸《北大荒往事》文端：填星色黄，九芒，盈。炎帝殁于军中。夏禹《文命谭》亦记：炎帝冢去涿鹿夏墟西南九里，灵山之阴。旁有女魃冢。俱废。禹，百年后生，所见惟纪冢，冢中骨无言，何以报身命？所谓帝魃冢无外听闻。退千步说，冢为实，也仅资证"葬于此"，无以证前果。巫咸者，孤证也，孤证不采。三、桴海东归。此说出风后极可疑之回忆录，亦是孤证。退千步说，他亲手送走了炎帝，也止资证他亲手将炎帝一行推向未知，海上浪多高阿！海中鱼多大呀！无可争辩事实是——全东夷人民可证——炎帝没到家。不采！四、隐于灵山。此说冀地流布最广，三代以下犹为矾山之野遗老乐道。李鼻按：灵山又称矾山，因山顶长年积雪，如施白矾。

吾家壁中书录有李耳师一则记载，李师旧游矾山，曾于石盆沟遇一劳姓老人，自称其祖是大庭望族捞眯氏，跟随炎帝从泗水打到澶水，涿鹿战后炎帝入山养病，其祖仍追随左右，采药打柴度日，后埋骨矾山。今日冀地劳姓和姓米的都是他后人。劳姓老人还引李师上山去看洗剑池，下棋石——当时就有围棋了；炼丹洞，迎客松——炎帝当时老站在松下盼他先祖；以及下棋石上一对深寸余、阔尺余凹褶，说这是炎帝足印，当初蹲在石上与他先祖下棋长考久了留下的。老人扒拉开北坡断崖下一片乱草，指着一半掩土洞说这是炎帝衣冠冢。李师问人呢？老人迎着阳光眯觑着眼摊开双手说：飞升了。归来路上遇一担柴汉，老人喊老于，汉子喊二哥。侧身过去十数步，老人说你知他是谁么，炎帝后人。

李师惊呼：真哒？回头乱看老于，被老人扯住，说就知道你要去打扰人家，所以等他过去才告诉你。不爱提这事老于，老帝王家孩子都低调，就烦乱打听的，都成农民了，谁知道老家儿在外结过什么仇，我们也都尊重，不问。我们这是世交，见面还点个头。我还种着老王家四亩地，每年交租、家里上梁、孩子嫁娶还随个份子，出把力气——还有个来往，平时我也不往上凑。李师说谁是老王？老人掰着手指头说四大姓：于、余、王、汪——我们这一带——都是炎帝后人。

李师说我能说我知道孩子妈是谁吗？老人掩唇，说嘘！不语。李师回忆，老人还带他去王地主家长工棚坐了会儿，讨了碗热开水喝，跟王地主介绍说这是我一朋友，在城里做官。吹着热开水跟李师小声说：喝开水，奏是炎帝传下来习俗，啊们这儿谁家费柴火烧开水阿？奏他们四大姓这秧儿。

李师复记：桑干之阿有古夏墟，当地人称黄帝城，传为黄帝所筑。城长阔各五百步，南、西、北尚存土城根，高尺余丈余不等，东城根浸于湖。墟内随处可见炊饮残器：陶鼎腿、乳状鬲足、粗柄豆柎。除少量夹砂泥质赤陶，多为泥质灰陶及黑陶。亦有相当数量石器：石杵、石凿、石纺轮、石环等。一般陶作朴拙无文，少量黑陶浅刻十字或泛十字——丁、干、米、乂、万字文，与泥河湾发现的祭玉、生活用陶普遍装饰十字泛十字及变形文相类，应是同一时期作品。

李鼻先生在《绝》文中引"后羿射日"这一事实指出：古往，日之数为十，故有十时，亦当十位。认为十字象征太阳，其字形取自钻燧取火之木架。其余所谓泛十字皆是日不同时象形。火，人造小太阳。日，素称天火。天火勾动地火——火上火曰炎。直可证为炎帝本人图腾、家徽、镂扣？

泥河湾是涿鹿会战后期一些军队和人民为躲避瘟疫驻扎营地。黄帝城应该在那更晚——战争期间灵山一带向为蚩尤军所控。有证据显示那座城亦非如当地人传言为黄帝所建，而是颛顼践位后营造，可能出于对身兼国父和生物祖父双重身份黄帝尊敬特以其帝号名之，这也不难想见。

另一说颛顼称帝后仍叫"黄帝"。从时间上说，已是平息三苗之乱所谓绝地天通之后了（证据见附件一）。故此二地出土器物也应属炎黄时代晚期。泥河湾情况比较复杂，炎黄时代堆积层中还混有大量石核、石片、刮削器及已灭绝三趾马、菱齿象化石。民间传说在上一地质周期，有另一支人类——和我们同科不同种人族在此活动过，史称毛人。当地多毛山民亦自称毛人之后。彼时炎帝已从史料消失，他的镂扣却频现于二地器型，扼显出非比寻常之重大影响，是不是可以揣度他还活着——活动在这一带？当然也常发生这样的事，一个死去的人往往获得比他生前更大影响。

与之同期，吾家壁书所藏冀地古歌也发生一有趣现象，并不很常见呼名点姓的山野歌子频繁出现一位叫"夋"的人，每成为某一叙事歌谣中主角。此人地位甚高，高到不是人。有的歌子直言：帝夋帝俊云云。伯益先生对此亦有深探，曾在《女》文中引《连山》"帝出乎震"解曰：帝训日，民谚曰：天无二日，民无二帝。再拿声韵说，日、帝古读都归"泥"母，是舌前音，今时南人儿童学舌尚读"日"如"捏"，与帝音近（北人表示不懂，读"爹"还差不多）。震，东方也，本着字根通假亦可训为晨，故"帝出乎震"即日出于晨。

夋，读如群。本着同韵通假可训为"神"。"俊"亦不外乎。故帝夋、帝俊可径读为日神。——甚解也！也颇合古歌对夋俊隆仰之态。李耳师采古歌涉及帝夋、帝俊歌单如左：

一、东海之外兮，甘水之间兮；有女名羲和，浴日于甘渊；帝俊之好兮，生子十日兮。

二、有女方浴月，帝夋妻常羲，生月十有二……

三、五采之鸟兮，相向婆娑兮，惟帝夋下友……

四、方圆三百里，帝夋在林兮……

五、帝夋赐彤弓，后羿扶下国……

六、不庭之山兮，荣水之穷兮；帝俊妻娥皇，生此三身国。

七、重阴之山兮，有水四方兮；帝俊生季厘，故曰季厘国。

八、大荒之中兮，有山名合虚；日月所出兮，中容所在兮。帝俊生中容，能使四鸟兽……

九、帝俊生晏龙，晏龙生司幽，司幽生思士……

十、帝俊生帝鸿，帝鸿生白民……

十一、帝俊生后稷，稷降以百谷……

十二、帝俊生禺号，禺号生淫梁，淫梁生番禺，是始以为舟。

十三、帝俊生晏龙，晏龙为琴瑟……

十四、帝俊有八子，是始有歌舞……

十五、帝俊生三身，三身生义均，是始为巧倕，下民作百巧。

十六、帝俊生黑齿……

看着眼熟是吗？这都是些当年极流行山歌，讲起源，叙家谱，有关怀，有传奇，有情色，其中提到很多名人隐私，差不多可说兼顾了深度和流行，好故事该有的全有了，遂为后人广为引用，生产出更多——有些还很著名神作，题材种类大大超出情感叙事这一逼仄类别，旁涉神话、历史、自然诸人文领域。有无名旅行家走了很多地方，听说了很多地名，托名圣贤，写——勾勒出了原始世界完整山海图景，毕竟是方术著作，涉嫌志怪，遂整段挪用、改写了前述民歌以添气韵。感谢他，让我们在原作湮灭、他的著作却大大有名流传下来的今天，还能得见这些优美上古辞句旧貌。这也是文船史上屡见不破的美谈，隔代借孕，恶紫夺朱，母凭子贵，俗语叫天下文章一大抄。

那么问题来了，这位大神是谁？在世界本已存在情况下又出来创世，出来时机又这么寸，一个跟祂同属光热系统的人刚失踪。根据想象力法则：人只能想象理解范围内之事。一个神，长得像人，会说人话，净干人事儿，那祂多半来自一个人。我们有理由相信——有权利怀疑他们就是一个人。不需再搞"夋"和焌、踆、暾这种种发光发热发炎——炎热通假互借关系串联，日神炎帝对训，日训炎神训帝，合丝严缝，不是揄罔是谁？这事就这么定了，帝夋者，炎帝揄罔也。这只是供暖单位内职务变动，同一人之不同面目。

那么问题来了，嫩么实实在在一个神农共主炎帝如何在民众眼里变成神？伯益先生在《女》文中提出一条线索，泛十字纹"亚"，在颛顼文金文及甲骨文中与"巫"字形极相近（见图一），一个如土直男平臂举哑铃；一个如杆狼抖手尬舞。伯益先生很执着，由此我们在十字和巫之间产生了联系。

《全夏书·炎帝世家》记曰：帝，刚毅，有玄德，常观道之徽，知稽式，故能胜凶咎，役鬼畜，通神灵。这个话就是李耳师本人一刀一刀刻下的。其实这也是搞上古史人所共明了的，用不着多举证。一伙人，存于世间，就如一群鱼游于大海，如果不辨洋流，又不善于观察规律，不知规律的边限在哪儿，人事之外一无所知，只想上场不想怎么收场，搞到没办法就真没办法，干瞪眼，是不可能走上领导岗位的。

所以古歌唱：人兒于世，譬如汪洋。道繫于楫，与予偕归？传说这是帝俊当年所作之歌。冀地古歌多唱帝俊，亦多托名帝俊之作。从歌唱他的歌中可知，他所做的事很伟大，疑似以太阳日行天空不等投影把一天划了十个时辰，所谓十时制。有误差。把一年划分了十二个月，相当准确。与动物积极互动，推广自然和谐大环保理念。还积极传授种植技术、造船技术，引进至少两种吹弹乐器，带来新鲜曲风歌舞，史称东方舞。培养出一位泥瓦陶石木作全活儿巧匠，培养的方法是自己生。通过这位叫倕子的师傅把各种省心省力路子传授给百姓，可能发明了盖房子时把墙砌直的吊锤，把麻批纺成细麻绳的纺锤，可以东敲敲西敲敲把凸起物砸进去的长柄锤什么的。也许，不是也许而是一定还发明了冶金。也不能叫发明了，这本是农耕人民成熟科技文化或曰文明。从这一侧向似也可证这位帝俊所来何方。

《骨辞正义》：夋，尖儿，本义鹤立才卓。俊，千里挑一，十人曰豪，百人曰杰，千人曰俊。再加上好看，可见帝俊在当地出现引起的轰动和人群追慕。也许这正是炎帝易名原因，夋、俊最早是美称，就这么叫开了，其中不乏女蚂蚁上树。

古歌尽是情歌，李师撷取重视史料价值，狎昵露骨之辞一概不录，非乐而不淫，刻字手酸，省手也。（鼻按：个中有数条涉嫌下三代人物乱入，后羿、后稷、娥皇什么的，非材料遭污染，今文古文隔仄，字同义迁，"生"字古义不惟指亲生，也泛指同一生殖链条广大嫡庶子孙，夺拉孙数祖亦可称某生，举例：黄帝生我。故反可证材料可靠，古义益然。）

还是能看出帝俊受欢迎程度，到一山娶一位太太，推广洗澡，建立良好个人卫生习惯，可说——虽无证据——遏止了性病流行和传播。生下孩子有出息，最损是行业祖师，能噷儿大的开山立国——上古，一村为邑，二村为邦，三村为国。至少可认定其中一脉是暗白人。那本托名禹、伯益（与我汉伯益不是同一人）地理名著最大问题是不知作者所在何方，故指向含混，自问世以来，所涉山川之名、之所在莫衷一是，不同论者从自己所在方位出发，所见大异，几无一山一水名实匹合，不得已强名之，生傍之，相去何止万里。

李耳师旧游矾山，曾以石盆沟为起点，踏勘周遭诸岭，留下一份今古地名参照表——不是和名著参照啦，他老人家知都知不道有这么本志怪书，是与古歌参比。今兹列于左：

不庭山，今名狮子窝尖。去石盆沟西南十数里。荣水，季节性溪流，雨大荣焉，无雨穷焉。古歌诞生年间大旱，穷焉。三身国今为李子园村、横岭村、坂木沟村。村人多姓姚。姚，老姓，古褒国一支，先于玄猿部进入大荒，又称东湖林人。曾经一度兴旺，后逐渐衰落。今族中尤存母系部落遗风，妇女主外，离婚出夫，生子从母姓不从父姓。与中州风俗大异。传说一，当年帝俊女朋友姚娥生了三个儿子，只成活一个，故名三生，又名三身。传说二，姚三生做了国主，人称三叔，娶了三房太太，一村一个，故称三婶国。传说三，国有三神庙，供奉炎帝、黄帝、蚩尤，又称三神国。庙今尤在。

重阴山，乡人曰照坡尖。去石盆沟西南数里，同为太行余脉，与矾山栉比相望。山中有龙潭，旧称泯泉。四时有水，久旱不绝，饶益四方。周围村子有煤积村、九沟村、董家村。村人多姓季，世代打猎为生。传说当年大旱，乡民焦渴，是帝俊带着村里年轻人季厘进山找到这口隐泉，凿破泉眼，引水出山，救了一方人。村人感恩，季厘认了帝俊为干爹，故歌子里有子无妈。季厘家世代守此泉眼，还在泉旁设了纪念帝俊的石坛，曰俊坛。村人打柴汲水过此尤曲身添石为拜。

合虚山，乡人曰黄花梁尖。去石盆沟西南数里，与照坡尖隔空相望，梁尖有观日出处（其实其他几座山也能观日出），冀地最佳。周围村子有好岔村、大庙村、平台村。村人多姓钟、容。山中多佳果，亦多良禽猛兽，是华北虎华北豹最后栖息地。村人食谱一向很丰富，又吃肉又吃水果，是最早养鸡鸭鹅，玩鹰的人。帝俊还认了很多干儿子……

喔来喔，歌唱帝俊歌子很多，托名帝俊歌子更多。从这些歌里可以看到一个巫者除了济民利生的作为还有他自己黑暗沉郁的内心。伯益先生《女》文中框述了涿鹿战时巫在各部队中悲苦遭遇，求旱得旱，祈雨不至，很多巫被指要为这种情况负责，越是在部队中有影响之巫威信下降愈甚，尤特是女巫，多被指为魃，普遍受到揪斗围殴，泼粪、剃头、唾面等当众折辱人格事亦多有发生。炎黄部、蚩尤部均发生年轻女巫不堪凌辱服毒、投河自尽恶性事件。其中尤以炎黄部高级女巫媿遭公开游街鞭笞致死案惨烈。（卫绾按：此说不确，有不同来源证据显示女媿战后仍长期追随炎帝左右，鞭笞致死当有她人，死者名待考。）

即便是这样，多数男觋女巫还坚持在一线兢兢恳恳为战士服务，冒着受嘲笑被暴挦风险深入部队驻地熏艾制符祝由咒禁，对抗大面积爆发性时疫。由于此次疫情持续时间长，病情迁延易反复，致死率高，桑漼两岸一般具有收敛止泻功效药草乌豆根、冯树根、山莓根、龙牙草、土丁桂、红辣蓼均遭哄采，身兼医务人员巫觋们已面临无药可用之窘况。必须指出已发生多起基层巫觋与病人亲密无保护接触——掩埋大量腐尸工作也需她们承担——受传染致死病例。故不得不在明知疗效难测、不受欢迎条件下仍硬着头皮开展巫术，试图用信仰力量调动人体自身免疫力。上面也支持，建议她们不要神神秘秘自己搞,别人只是那个授受者。要带动大家一起加入,把事当作自己的事来做,才少误会而多积极性。巫术博大精深,有心法,也有身法,我看跳巫就可以简化一下动作,做不到驱邪,蹦一蹦,健健身,动起来就比不动强。

黄帝的指示传达到下面,巫众首先动起来,一时各部夜晚火堆到处可见手拉手围着圈跳巫人群,听到女巫尖脆声音:骇起来呀骇起来!风后《牛》文记载,当时巫场流行比较沉郁、丧的舞曲,流行跳着跳着哭出来,也就释放出来了。其中有些名曲即改编自托名帝俊军谣。他也认识几个作者,都是部队基层小巫,有的就死于这场瘟疫。其中一首《异乡》有这样辞句:异乡夜,黑如井。童女子,魅如神。忽尔发觉这一生,都是独行。又有《喜歌》云:累!为什么得到一切,却从未得到安慰。失去一切,却心底卜豁,暗自生喜。又有《父母之邦》歌云:父母之邦阿,生不可见。父母之颜阿,生不可见。父母之心阿,郁郁不得问:何当生我于此世?

风后回忆,每当于疾鼓中听到这陡起天外悲声,他都老泪弹脚,无数次跪地捶胸,跟着合唱:何当生我?何当生我?

卫绾老,中尉将军,大巫传人,两边情况都熟,讲:部队的巫,苦阿!两头都要讨好。部队的事都是急茬儿,要命的事,灵界的事也不是谁说了就能做主的,就是大巫、名巫，说今天一个请不到，也就晾在呢儿，你跟谁急去？你跟谁来横的？内些个小巫、巫助，更可怜，都是些孩子，不该看的看见了，不该知道的先知道了，偏又比常人多些秉赋，多些柔脆，人生尚未开始，忽一下见识了灵界，就把那当美好新世界——更真实世界，着了魔道，就把魂儿丢里面了。

当时我已决心在马邑与匈奴一战，考虑在部队恢复军巫制度，以便有基本战场救护，减少轻伤致死率，故携窦婴、王恢、韩安国、李广一干人拜望卫老将军，就教于他老人家。

卫老正在翻风后回忆录，说：我就是从小巫干起的，也不知中了内门子邪，家里也不是吃不上饭，非要去当兵，家里老人说是让招兵的拍了花子，在代郡边防部队做巫助，因为家里有内个名声，一去就让首长挑上了。老李，你是不是在代地干过，我是你手下的兵诶。李广说呃，这个，可能，不太清楚，你具体在内个部队，——驻地？卫老说我也忘了。

卫老说我内个师傅是个土巫，在家就是跳大神，请黄大仙什么的，帮街坊找找丢鸡羊，请过世老人出来调解一下家庭纠纷，骗街坊鸭蛋吃。到了部队，耍开了，把部队战备药都给吃了，一天到晚给战士算命，战士给他起了个外号"大量"。每天都在云上，自己骇得不得了，我一看也学不到什么东西，就请求调到运输营，学驾驶，怎么说也是门技术。

王恢说将军，你认识有什么大巫可以推荐给我们，协助组建军巫部队，招募、训练人员。卫老说现在哪有什么大巫,巫是什么都不知道了,一帮灵媒——现在是不是叫这个名字?灵界的边儿都挨不上!净弄些狐仙野鬼,晕内些最蒙闭最可怜的人,把本来头脑一片漆黑的人往更不见光的地方带。巫是干这个的吗?我认识一人,很会赚钱,做生意精得不得了,就在这事上是个死结,脑子缺根弦,老爱往家招这些骗子,送钱给他们。一次带几个一看就比他还缺的缺,说是什么哪里的名巫、活仙到我家来,叫我见识一下,有什么想问的可以问他们。我说你们都会什么吧,一个妇人自称腹语者,说俄石马都不知道,但俄肚子里有只灵鸽,百问百答,然后肚子就咕咕叫,说你可以当掌柜子,发大财。我说你,文盲吧?做这种事全靠无知无畏不行,不能老是这两下子,往人之常欲下家伙,还是要增广见闻,了解人欲之外还有很多分层。你看我,比你懂得多,比你见得多,比你玩得大,都不敢来这套,给别人解决生活困难。胆儿也太大了你!你哪儿人啊?小地方吧?不留神把自个心里盼的说出来了吧?长点儿心,以后就在你们家乡蒙蒙淳朴乡亲,少往人多地方来——气死我了!你能相信一个张口发财闭口挣钱的人比你知道得更多么?那差不多可说是一类弱智代名词。我内朋友也是脑子叫驴踢了。就这些个玩意儿,还敢自称巫,你问问他们什么是做巫基本素质,做巫顶要紧的笔格是什么?今天黄帝炎帝蚩尤这些大巫站在你面前,你敢说给你俩钱,您给我批批流年,算算有没有桃花——么?

我说什么是做巫基本素质？卫老说求知——欲！终我一生，得一个明白——方休。窦婴说顶要紧呢？卫老说勇敢！人间凶险莫过丧身，灵界凶险可谓丧魂。真相出现了，明艳艳摆在那里，过去，魂销灵湮，此身不复。不过去，永不得究竟。敢不敢过去？畏念一生，则真相逝矣。苦阿！这头想着要勇敢，要进步，来日无多，要多虚有多虚的事，那边差着你办要多实有多实的事。应过一次就有二次，赖上人家，回回请，拿自己不当外人，人家连你一起烦，能不烦么？把人家庸俗化了嘛。再听你来就躲出去，喊破天也没人应，偌大灵界空荡荡，你说苦不苦？我每天都在做么耶俄滴神阿！

我说大巫小巫都得有，虚事实事都重要。王恢说这个灵不灵，跟献的供品有关系么？下回咱们不白请，重重谢祂。

卫老说那都不是重点！

韩安国说好比咱，别人求咱办事，咱是冲人家提来的礼物呢还是先考虑这事当办不当办？

王恢说明白了，是个态度，求人一趟空着手去自己先不踏实。

卫老说我老实告诉你们，那都不挨边。说句不当说的话，灵界也讲风气，特别贪受祭品的神也特别让别的神瞧不起。

半天没嗳嗳的李广忽然发问：我请问，啥是灵界阿？听着好熟悉，请教卫大师，灵界是另外一个人间么？卫老说李将军，你厉害，弹弦的不问镲事，您老的话，属下接不住。

我说说说嘛，卫将军，我爱听，从来神都是借着人说话，未见真神降临，猪头肉也都叫咱自家吃了，这灵界到底只存于心灵观想呢还是只存于观想？李广说咱们今天干嘛来了。

卫老说定义神，非不为，不能也。不可思议的不说，说你们能理解的——只存于观想，这所有的观想联起来，曰界。

李广一拍大腿。王恢说我真见过能飞的。我说——去！不许聊二逼。窦婴说有互相暗示么？卫老说不排除，所以这事你必须站到第一排第一位呢儿去观察，否则净看后脑勺了。

韩安国说第一排还是第一位？卫老说最好是第一位，第二就不能排除暗示了。我说还是有一茬暗示一茬可能？

卫老说你相信观想先于天地存在——太初有知么？这宇内凡图景、思想一旦生成就永不湮灭。我说相信怎样不相信又怎样？卫老说相信就无所谓暗示，只是各自授受不同。

王恢说谁在观想呢？卫老说这就跟不骇的人没法聊了，我老实告诉你，这人之外一切存在，跟人界没丁半点相类，说像的，都是比方。今天你知不道，将来有一天，你会知道，不知到内时话怎么说，我只能这么说：天地之先，有口信。

李广出来破口大骂：这老骗子！

17

入秋后,开始出现无药自愈病例。一些瘦骨伶仃人从伏尸堆摇晃站起,走到——或爬到因秋汛变得汹涌清亮大河下饮水。此时,战争像夏天远遁雷声消没在长空,曾经严重对峙各武装集团忽如一台戏唱完——散了。因战争天灾瘟疫遍布死亡受尽糟蹋满目痍瘦河谷盆地如今有了难得平静。入夜不再只闻疾鼓、惨叫和哭喊,也能偶闻独竽单箫。晨晓有鸡鸣,日中有炊烟。白日有人苫草,有人呼鹅撵狗,有人河中洗澡,有人河边垂钓,有人砍柴归来。

李鼻先生在《绝》文中写道:这期间,发生的最重大历史事件是蚩尤猝死。有关蚩尤之死,因《全夏书·百涿卷·蚩尤列传》大部简竹亡佚,止记载到"蚩尤军至,屯河上(按:此河上指泥河湾),河右诸将多从之……",故不见信史。今人所见《逸周书》《列子》所载旧闻多出冀地传说。

《周书》，秦以后叫《逸周书》，史官之作，当年先周公委托宗周守藏室注意收集诰誓辞命存档，沥沥拉拉八百年历经三十代史官呕沥接龙完成。吾祖耳亦是编撰者之一。初，撰写《尝麦篇》，分派主笔是左史戎夫，文涉百涿之战，还就蚩尤问题特别请教接壁儿正在赶夏书之吾祖耳，耳祖言现在还没有结论，只是一些传说，并略谈几句传闻的荒奇和不贴边，戎夫诺诺而退，说等您拿结论。可能是一直没结论，可能大家都忙，戎夫也没再提这事。大几百年过去，周书作为逸周书面世，才惊见传说已就续上了。

冀地传说历经大几百年也有变化，更家长里短了。如当时拥有世上唯一铜护额蚩尤大君被聊成铜头铁额。（按：此护额为天然红铜打制，非热锻固体还原。）铁，没有的事。大君爱吃家乡特产小胡桃，拿后槽牙较劲，嘎嘣嘎嘣的，吓吓啐渣儿，被聊成吃石头吐砂籽。他爸有能力，应该不是一妈，生八十一个兄弟。这完全有可能，一滴不糟践，有生好几百的。八十一子都穿皮氅，有虎皮狼皮花豹黑豹皮，远看一群大猫中间跟着狼。打仗也躲不开自然现象，一会儿飞沙走石一会儿遍地汪洋，老百姓趴自家后山看过队伍，风来了吹得队形大乱，水来了整支队伍漂走了。开心！就乱讲。

这些传说作为史料，有价值就在于小事乱讲，大事隐而不彰，并没谁传真看到战斗，说两边动了手，还不算彻底虚构、颠倒历史。也就仅此而已。百姓对战争认识就是杀人，当他们看到一方首领——蚩尤大君,被剥皮制靶、毛发织旗,胃里填草当球踢,脂骨捣成肉浆拌鹿肠马草作为一道冷荤众人传吃(李鼻先生在其另一名著《黄帝四经》中对此有很克制转述),就想当然认为这是战败一方受到惩处并为之骇然。

关于李鼻先生是否为《黄帝四经》作者坊间一直有议论。有人——具体说是伯益——认为是其三大爷李宗先生所作,证据是他家战国时就有一本,其中也有部分篇章谈战争艺术,没带过兵的人,想不起卖弄这个,李家真正在部队干过有实战经验的也只有李宗和我汉李假将军。这个我们也不好站队,老李家男性多长寿,向以高龄著称,李鼻先生生于战国,生而有知也是可能。此其论据略显不足、粗糙之一。我也曾就此建议李鼻老挚友卫绾先生,是不是晒出底稿来不就结了。

卫绾老沉吟,说不便提,这种怀疑本身就是无聊,有人怀疑你儿子不是亲生,你还要一遍一遍查体给他看么?上古无主之作多矣,太多积案陈案难破,今日有人出来自首——主动认领,我们高兴还来不及,能结一案是一案,应为他的勇气称快才是,难道你还要质疑他,打倒他,形成新疑案不成?卫老讲:谁是作者重要么?不知作者影响阅读么?太多人把注意力放在这种无聊而不是作品本身上,正确发问应该是李耳师憾而作《道德经》是否同样受此一派传说影响。

卫绾先生根据独立来源材料——他家壁中书——对蚩尤之死给出自己判断，两条：首先，病死说假定成立，有主治巫医、近亲属、老战友、无利害关系第三人——警卫战士、悼念围观群众乃至敌方将领共同证言形成证据闭环。其二，剥皮以为干侯，剪发以为旌，充胃以为鞠，骨肉投其苦醢，要结合上古丧葬习俗看。季伯辄先生《诸夏礼失考》云：太初，大道行于天下，人不独异于禽兽，皆赤子，循自然礼。婚即淫，葬曰"无弃"。今言不糟践。割而食之，以为敬。后慧智出，始知耻。废大道，作常则。定尊卑，以为器。淫有别，葬亦有别，曰天殄。一般老人病人罪犯就不吃了，免得沾了晦气，也是惨痛教训，吃了病人大家都病了。但是圣人、大英雄还是要吃，同样的理由，分享他的德行，曰形补；曰加济。（《骨辞正义》：加济，巫事术语，原指巫者以祝咒、洒水、法器加身诸手段向中蛊者灌运法力，匡扶正气，济助三魂归肝。后泛指所有为提升道德品质举办的精神、肉体互相加入。）这个"慧智"当指巫，最早形成人格面具之辈。亦称自我执着。李耳师称之为"大伪"。伪在认面具为真，以面具差异划线，做容器，收纳人群。将面具戴不牢，偶有脱落，误判为：丢人。从此不住大道中矣。大道从来都在，沛然行于天地，只是人自放于外，故曰废。这个废，也是废去大道基要法则：普天之下万物平等，的意思。故曰天地不仁——天地并没有格外另眼高看人。古往，圣人亦是特指，是那个拥有权位且不失道心的人，首先是权位，其次是道心，所谓有道之君、之帝。平民有道，称贤。平民封圣自孔子始——有人提，我还没批，看势头在所难免，我不批也有人批——亦称素王，看似不处高位实则拥有话语权。

喔来喔，卫老写到，据蚩尤夫人回忆，大君早起还很好，还去河边遛了个弯，和警卫战士苕娃聊了会儿天，问他习不习惯这里生活，想不想家。苕娃说不想，这里好。大君说怎么好，你告诉我。苕娃嘿嘿乐。大君说不想是假，我就想，对不起你们呀，把你们带到这个地方。说着大君跪下了，垂着头，像在表达深深歉意。苕娃慌了，扔了棍，去搀大君，嚷嚷这怎么话说的，折死我了，没人怨您呀。大君已然去了。

这是苕娃的讲述——也在大君夫人环野内。夫人正在寮棚口赤陶鬲前煮快火鱼片粥，掌心切鱼片，抬眼能看到苕娃跟着大君在河边溜达。再抬眼，苕娃背着大君往这边跑，已然是事后了。鵕𪉟也在河边，迎接应邀参加首届北地巫师大会代表泅渡过河——忙！没顾上回头。当时灵山十巫中八巫：巫即、巫盼、巫真、巫彭、巫谢、巫罗、巫抵、巫相——才水淋淋上岸；另一巫——巫姑和她男朋友巫阳和她俩儿子巫履巫凡还在波浪中出没。（大哥巫咸随黄帝部队北狩不能出席。）举办这个大会是蚩尤他老人家主意，目的是交流跳巫经验，制定仪轨次第，规范手法，禁绝某些手段，防止外道借个别巫事不规范信者岔道生谤兴妖，把拧巴拧回来。

听到这边一片喊，棘垕知道出事了，赶过来，大君已然凉了，夫人正在吊打苔娃，喝问：你跟大君说什么了，把他气死了？苔娃说了前述内番话。夫人说不对！你一定说什么了，要不大君不会这样，你平时讲话就噎人。棘垕说放下吧，我了解这娃，跟了大君这么久，就是真说了什么也不是成心。

苔娃说少爷，我真啥也没说，你知道我是不会撒谎的人。棘垕解下他，说没实话的人最爱这么说。跟夫人说，父亲在时信任的人，我们也不该怀疑他。苔娃可怜争辩：我只是直。

按照九鳌国习俗，家长过世，嫡长子继承他全部财产，夫人因不是生母也包括在内，于是夫人就退到一边去了。

这时，巫姑和她男朋友及两个儿子也上了岸，与她赤膊兄弟们一起走过来。她们并不知道发生了什么事，看到一个人躺在地上，大睁双眼，万念俱灰的样子，旁边人正要抬他，就说这个人是岔道了么？别别，这个时候千万别动他，关键是音药不能断。于是巫姑拉着她男朋友巫阳及两个儿子围着大君跺脚起舞，无伴奏哼唱：哇多节哈耶提吧掂捏趴塘刹那亦且摸叠罗尼捏多……那是一首名为《喊麦》的灵歌，

193

又称《愿望之歌》，歌词由一连串咒语组成，能去怖畏，止妄想，收心魔，多用于单人或集体癔症急性发作，在医疗实践中对狂躁、亢奋有显著安宁作用，亦为停尸守灵之夜祝诵常用曲，有假死疑似诈尸竟然翻身坐起数起著名病例，故在民间享有直起死人神誉。樊垔乍听便泪如泉下，巫姑边唱边邀男高音巫彭、中音巫相、低音巫抵加入，邀请到夫人时，夫人甩开她手，径去一边独自啜泣。

一首残断冀地古歌记录了当时场面，巫姑击节，巫彭击鼓，巫相击缶，巫凡绕舞，巫阳低吟，巫履长啸，众巫合唱：人阿！你这不顺服的族类，挣尽一生逃脱死亡巨网，如今崴在地上，像剪断的缰。曾经的过往，烙在脸上的辛酸，都化成霜……（此处有脱简）人问何谓不死之药？我谓音药，这世上唯一能唤回时光……（此处字迹不能辨认。）

这夜月明，人们围绕大君尸体纵行歌舞，这在巫事术语叫：行歌绕舞。用歌唱这无敌灵药抗拒死亡巨网笼罩，力挽大君已逝生命。巫家认为生命完整之义不单指肉体还应包括灵识，而歌声则是灵识之翼，犹如鸟之双翅，故有"让我们乘着歌声飞起来"一说，飞起来那个指定不是肉躯。嗖！歌声不绝则灵识不屈，音浪推动视幻，指导画面，和顺则美，奇崛则险怪，巫家通识，故称音药。（《骨辞正义》：古往，先有音而后贯以节律有"乐"。放灵识，疗精神，曰药。而后悦人耳目，读如跃。而后寻快活，读如勒。此其"乐"三家读音由来。今燕北方语仍读"乐"为"药",是正音。)

白昼耀日当空,行歌绕舞不能停。一般绕舞少则三天多则七天,亦有特例,必至下一月晦方休。在这一过程中,若仅是岔道,假死,通家能入死地,带回觉知。若确已没救,也能慰灵,斯时逝者灵识——内个广大乎视野,仍在尸上萦回不去,鸟瞰自己,鸟瞰亲友,只是情识如风吹砂,听由亲者痛、近者恸,直至恬然光化,弘摄长天。这个过程南巫叫质壁分离,北巫叫面目全非。这时会发生守恒现象,即能量物转,从逝者向旁观者身上转移,尤以亲近腻密者多受。故有神思恍乱、萨满式昏迷、白日见鬼、托梦等异事发生,托付难舍,追索冤家,乃有深怨者遭附体失智自戕。故不建议阴结怨者佯作无事参吊亡者。这个现象发生后,可以认定灵识出离受体过程已完成,可以处理剩余一堆坍解物了。

很多人绕着绕着就虚脱了,被架到树荫下补水进糖。更多新人加入行歌绕舞队伍,那是陆续到达大会代表——军都太行诸山之巫。炎黄留守处颛顼也来了(原文如此),代表黄帝向僰屋表达对一个"伟大战士"猝然离世最诚挚的哀吊。颛顼原话"这标志着一个时代的结束"。僰屋刚揭下一领全皮,硝熟抴平以蒙干侯(即箭垛),请颛顼射第一箭。这是莫大荣耀,对颛顼而言;对逝者,亦是最高致敬,只有阵亡、挽救全军大英雄才配有之隆誉,军语叫:配享校场。与武器、战友生生世世同在。亦意味该名烈士已陟升兵神。

夫人正在纺毛发织旄。旗成，有赤气出，如绛帛，升蹿至空，化为累累菊花云，上黄下白，见者无不涕横。是夜，有彗星出，亘西南，坠东北。他日复见此星，天下皆尊为蚩尤旗，又名兵主旗。列国欲行征伐，颇以其星贯天为吉。后百姓久苦兵灾，指为荧惑妖星，见此星出即言：兵乱将兴。

颛顼球也踢了，剁肉馅也砸了几榾。僰屋撒过盐说我可能有点口重，你帮我尝尝。颛顼抿了一口，说姆，八错，咸淡正好。巫姑跳得跟刚冲过凉似的，嗓子如堵砂纸，说骨头能给姆们几根么，当鼓槌儿。僰屋说您受累，您啐便挑。

僰屋朝众巫喊就剩这点了，谁想拿什么倾着拿。巫阳走来说，我想要内颅。僰屋说拿走！巫阳说我想……僰屋说甭告我你想干嘛！到地上内小堆骨头让人撤干净，僰屋一抱头蹲地下，继而起而歌：飞鸟衔来种子，枝蔓结于道里。老枝饶有断时，种子死死生生。颛顼赞曰这才叫真真明白儿子！

18

卫绾按：前述诸人言论及合理展开伴行叙事，原是鄙人新作《蚩尤之死辨疑》主述部分，拟就文中论点提供详密周尽论据支持。出于可理解私心，本人只能截取个中有利论点章句而不必是全部。出于一个学者的诚实和严谨，本人例将这些材料出处一一标明，并依按评规制将原篇以蝇字逐节嵌录文中。后遭读者——主要是伯益先生——恶评，指为叠床架草窝、断灭文气，有的蒂根岔到外婆家去了。后本人接受意见，将各节原篇抽出，与同属回忆之风后文汇订一辑因各原篇悍短不一，有的仅为半句，单独成卷恐不满册；为尊重伯益老，仍沿用原书名《那些年……》，故今存世《那些年……》实为同名二辑，辑一是伯益版风后老专著，辑二为本人版多人合编文集。为读者不致晕菜计，本人版以下行文简称《那什么》，特以告。

《那什么》收有一枚南武涝书最新出土成果：首届北地巫师大会部分代表名册。个中参差可见北巫分属范围背井靠山，极具史料价值。据整理发见者伯益先生介绍，原简为正体大篆夹杂疑似颛顼文记符，且多附古今地名对照，经请卫绾、李鼻二先生同往合勘，基本领定是李耳师手迹——与卫氏壁中书比附——契吻李师行文习惯，应是李师矾山行同期笔录。疑似颛顼文不能辨认，可视为可能有更久远原始记录。

这是一次极愉快合作，伯益老还留了饭。席间慨然应允卫老将此次重大发现收入《那什么》，当然发见者名实俱归伯益老，卫老不敢掠美——的请求，说都别跟我提钱！卫老说不可以！遂来去纠缠，遂欣然收下卫老家传荣公盘一只以慰心劳。现将名册煌列如左（括号内为伯益先生所加）：

淑士：颛顼之子。居淑士国。今毛天岭上水谷村。

老童：颛顼生老童，老童生祝融，祝融生太子长琴，始作乐风。（最早开始音药家常化尝试，著名山歌手，悦人耳目者。）居榣山，今黄花梁圪垯。（又：老童亦是重叔黎叔老领导。）

三面：颛顼之子。（伤残老战士，曾遭严重烧伤，浑颅无毫发，皆疤，光滑似脸，后脑勺亦如是，见者遑顾，故称三面。）独臂，居大荒山。今大疙尖。

中䲣：颛顼之子。自成一国，曰中䲣国。今歪头山东沟村。

阿厘：苗民，颛顼之孙。颛顼生罐头，罐头生阿厘。居章山。今虎头掌岭虎头掌村。

季禺：颛顼之子。居成山，有甘水，自成一国。今大石留顶卢家峪村。

叔蜀：颛顼之子。自成一国。今大槽尖莺窝沟村。

刑天：居常羊之山，后葬于此。今十八盘岭辛岔村。

巫咸：居登保山。（原文如此，可能巫咸还是来参加会了。）今大背尖苇子地村。

灵恝：炎帝孙，生百户人，互为姻亲，古称互人之国，因涉不雅，后改互人。今寰坨羊卧台村。（此人巫养隆通，常自飞升，上下于天。）

伯陵：炎帝孙。伯龄生鼓、延。鼓、延始为钟，为乐风。（也是音药家，开一代乐风，把钟声引入舞曲，醒药。）

阿听：女巫，炎帝妻。阿听生炎居，炎居生节并，节并生戏器（程式表演艺术家，还能做道具），戏器生祝融，祝融生共工，共工生术器（专业木匠）、生后土；后土生噎鸣、生信；信生夸父。（此夸父当为夸克。上古人名多缀辈分，行大称伯，次称叔，有后称父，尤今俗招呼张家爸爸李家爸爸。夸父，夸家爸爸。夸家爸爸之死史上向有两说，一神话版逐日说。一现实版受戮说。《大荒东经》《大荒北经》皆记：应龙已杀蚩尤，又杀夸父。司马谈先生考证应龙为共工别号,是否杀蚩尤且不去论他,或可迻译蚩尤死后又杀夸父。夸克,至亲老部下,一朝痛杀之,何以故?马谈先生进而考,这要带上"逐日"这一诡异行为看,日出于东,没于西,逐,必西蹽。部队在东边紧张打仗,您忽然撒丫子往西跑,喊都喊不住,几条大河也挡不住你,入大漠渴成内个样子也不回头,什么性质问题——追日借口也太烂了,逃兵也!姑妄听之。)

相繇、相柳:共工臣。(哥儿俩。)

苗龙:黄帝之子。黄帝生苗龙,苗龙生融吾,融吾生弄明,弄明生白犬,白犬有牝牡,是为犬戎。

名单很不全,多为炎黄部军巫,个中尤以黄帝部颛顼支部庞盛,可鉴黄帝虽率部北去,留在当地势力——伤退回乡人员仍称深厚,到底是老根据地。这里某某人之子、之孙,并非实有血缘关系,只是上下级关系,隔几层。上古军团社会,部属亦称子,介引某人会说他原来是哪儿的,现在是哪儿的,表述为谁生的他,他生的谁。所以才会有老童生祝融、戏器亦生祝融,指的是老童领导过他,戏器也领导过他。此祝融为夏师高级指挥官——火正官名。帝喾后改称大司马。

亦有人——确切说是李鼻先生——认为,这名册之所以只见炎黄部巫众未见当时实际控制冀地北境蚩尤部族类(只捎带提到一个归附颛顼苗民部落阿厘。后世史家多称蚩尤部众为苗、三苗。蚩尤国名九黎,厘应为"黎"借字,亦可能是归附颛顼后改氏),未必是竹材自灭,更大可能是绝天地通大整顿"遏绝苗民,无世在下"之后冀地实况。也就是说代表是代表,未必是首届代表,即云首届,当有至少二届。

李鼻先生在《绝》文中提到第二份名单,来源其家旧藏古竹稿,与南武涝系列无涉!该竹稿在鼻老家一向作为《山海经》底稿惠存,与《黄帝四经》底稿、《逸周书》底稿、《逸商书》底稿一齐码在劈柴棚里,准备论证完《黄帝四经》是自己写的之后,论证《山海经》……是谁写的还没想好,后来一忙、年头一长——忘了。到伯益家鉴宝——鼻老就是这么看这事的——便觉得眼跳,冷孤丁想不起来且哪儿见过,故仅就字迹发表评论:像。之后一直没嗳嗳。吃饭卫、伯二人丑态竟出也没嗳嗳,个人端着碗蹲呢儿犯愣。后来把这事整个忘了,一日闲来口寡,在厨房切酱肉——做饭最宜放空,勾起零揪碎忆——蓦突颅洞亮了,直奔劈柴棚,一撇便是。

鼻老借《绝》文晒出这份名单,果见许多苗黎姓氏,再一多就是女代表多,且幻术诡奇多姿,个中可见南巫妖魅黑暗刻板印象之一斑。且举几例(其中括号内字为鼻老所加):

延维:苗民,有神(像),人首蛇身,长如猿,左右有首(古热带界木雕风)。

方呓:黑人,虎首鸟足(猫脸,裂趾而立,俗称抓地脚；多见海上民族或常于浪中使船渔公足部特征），两手持蛇。（南方人爱吃蛇给北人留下多深印象阿。）

雨师妾：黑人，两手各操一蛇，左耳有青蛇，右耳有赤蛇。

禺强：人面鸟身，体轻如鹞，善登枝。耳悬两青蛇，脚盘两青蛇。（都是耍蛇的。）

阿赣：巨人，人面长臂，黑身有毛，反踵，见人笑亦笑，唇蔽其面，因即逃也。（赣，憨也，今冀地方语亦称莽诚实昧者"老赣"；可能是内位代表养的大猩猩。）

枭阳：黑身有毛，反踵长唇，见人笑亦笑，手撸管。（这都什么人阿！）

女淖：丑不可当，猪嘴、麟身（银屑癣）、渠股（罗圈腿）、豚止（脚趾有蹼）。自述颛顼之母，到处跟人说，当年昌意降处若水，野合得子名韩流，娶过她，生帝颛顼。（神经病。）

女丑之尸：青衣，以袂掩面。（也曾放下，遭暴打。）

女月：肤美，明月夜，喜骇大裸奔，曰浴月。（俗称晒月亮。）

宵明、烛光：登北氏（登贝莱汉译。此处疑有误，宵明大整顿卷宗记为余姚蛮，阿乡杆子骨干）所生，处河大泽，二女之灵能照方百里。（灵照：巫事术语；灵照百里，指能度测百里之事。小巫也。）

烛阴，又名烛九阴（神经病之二）：自命钟山之神，睁眼为昼，闭眼为夜（咪兔）。不饮、不食、不憩（在劲上）。吸为风（大量，一扫而空），身长千里（幻觉巨大）。

渔妇：形容枯槁，自称南方溺亡女魂，乃化鱼蛇，风道北来，有预言：颛顼死即复苏。（此预言暗指颛顼将不利于南人，南人将在颛顼死后获新生。）

女魃，又名黄帝女魃：著青衣，常偕精卫行，呵爱备至，似为精卫母。（此女魃未东归证据之一。）

精卫：炎帝女，幼齿新飞，初历幻境，七日数重演，尝与人言：昔日，我去东海游水，溺而亡，化为鸟，怨而衔西山之木石，以填东海，所以我其实是只鸟。众巫爱其骇语，为之歌：游东海兮子不归，化精卫兮志不坠，衔木石兮堙东海。（此或可为炎帝女魃同不归并育有一女证据之二。）

两次代表大会都参加了也即两份名单同时在册惟有一位：苗龙。名单一已交代苗龙出身，黄帝的人。应是北迁依附黄帝苗民部落，史称北三苗。故于大整顿后新一届大会仍踞一席之地——遏绝苗民不准确！只是不知犬戎同不同意。

《文命谭》记：该部后来没再回中土，一路西迁，最后落脚于敦煌三危山。尧时镇压三湘之苗，亦将三危当作流放地，把呢儿视作苗人祖源地，贯彻哪儿来哪儿去原则。苗人虽不知前情，但知道自己指定不是打北边来的，流去西北心中怨恨，禹治水经过那里还和禹闹了不愉快，听夏语就恼火。

首届巫会召开前，通灵降神这种过去往往经由专业人士掌握之专门技术——或曰知识，已从活跃在疫区努力止泻救人小巫那里散播到一般人民中去了。随着天气转凉，疫情基本结束，近一个月盈亏周期已无新发病例。很多久病初愈者或说劫后余生者已养成早起不吃饭先备根药草搁嘴里嚼巴嚼巴才舒坦才塌实才开始一天，初尚可称讲预防，遭提倡好习惯，后直叫积习成癖。人们见面寒暄从吃了么，改问服下了么？上至鼎食者下至黔首会饮小酌哪么喝碗粥吃口团子头盘小菜必致草。人们自笑咱这叫吃了药等病来。老病号各有套路，无事自己切两枝草，饭前等粥火，小乐一把，即时单刻起，即时单刻落，惚恍中百代如戏千秋阔绝，生前也看了，死后也看了，出来嚆中水正好咕嘟咕嘟开，可以投米了。

碇子沟山老掌东沟苦孩子禺强，久病成巫，入灵界如蒙眼驴子，岔道很久不自知，听说有这么个盛大巫会，没人请自个来了。颛顼夒堥联合宴请与会北方代表，酒才分盏，他站起来了，报号阴间之神玄冥，说认识大家很高兴，阴间有事——父母需要添床被子、亲戚朋友需要带话，可以找他，今天谁在这里认他，将来在阴间他就认谁。说完独舞不止，吐了白沫才发现抽筋，掐紫人中抢救过来。说我是谁，在哪里，拉着颛顼叫天帝老爷，说感谢，让我管理天北万里之地。

句芒，大六八岔山牤牛沟苦孩子。流浪到泥河湾捡垃圾过活，后被某小巫救助，帮着抬尸伺候病人，病人剩的食物抓起来就往嘴里塞,不得病,抵抗力倍儿旺,也是个难得高催。后被小巫带入巫场做助场,勤谨,有眼力价,看出些门道,忙里偷闲学了几手,不耽误摇铃打镲送水递手巾把往外揩人,在伺候局孩子里有名。后渐次升入更高级别巫场。一次女魃带精卫约上女月、宵明、烛光、烛阴、渔妇一帮女的组个内部小局,主要为自己散荡,也不知谁叫的他,前前后后猫着腰忙。大家正开心,孩子大起,翻脸另一副面孔,手拿柳枝说自己是春神,想种树找他,拿柳枝轻轻抽宵明:打你个小坏坏。宵明说你有病吧?精卫说害怕。

这就叫拧巴,不得要领,走上边的走了下边,走里边的走了外边。当时巫界确也混乱,什么人都出来自称巫,顶一名就敢拉场子,笼络一帮人操控人身心,自乐取乐。跳巫就是从那时起改叫跳舞。密乘一旦不密,走入人群,套路为人熟知,沦为大众娱乐也是必由,挡不住。

起初,谁也没太当回事,大疫过后,上上下下都需要放松,前一阵搞得太紧张。健康骇、绿色骇,指不用摄入,纯活动身体,跳舞、投掷、极限长跑、极限举重什么的,受到疫情期间痛失亲友,深陷抑郁人们喜爱,被当作一种治疗,通过过量运动使心理处于极停顿、极空白,忽视或曰无遑多顾哀伤、厌世等负面情绪,从而渐渐习惯与之共存。

掏空身体,极度疲乏,也可使人陷入惚恍,如困极入睡,都属由动入静,由明入暗,由知觉到失去知觉,与死亡那永恒的静,无边的暗,无知无觉,只差一个档位,可说是对弥留、临终的模拟。亦可说暂时游离于生,在死与生之间那个窈冥地带沉浮。很多人陷入无悲无喜之境。恩多人,——不是所有人,会似有所见,像做梦,见到自己飞翔在陌生、非本世可见场景中,有时那场景异乎寻常地宏大,且无比亲切,使人感动落泪。与做梦不同的是此时你知道自己并没睡,只是临睡、疲劳已极的放空,意识载沉载浮忽一下沉没又冒出来,情境也随之消失。有人将这现象与内观所得通观并论,称之为上天对某些人的恩赏,使他们有机会活着立于此岸得窥彼岸一角,也即生前眺望死亡。有这样经历的人都说:彼岸无人,且艳丽,如果那确是死后之地,胜人间万倍。

颛顼也常在惚恍中,喜欢旷绝穹景下孑然一只,以灵识的姿态飞行,那时才知道自己不要什么——内种积极感受。

送黄帝走内天,看着大部队沿修水一路西去,消失在云水生烟处。颛顼连日积劳忽然上来,人像抽了骨头软得一步挪不动,站在太阳底下大白天就惚恍了,也没起太大,身子半悬半浮,桑漫两岸蛮丘野陌历历在眸,遥瞰一圈正在向北运动蚩尤部队,就出来了,想着要赶快布置向燕山深处疏散。

与他一道送别黄帝的炎帝不知什么情况,拉着他手深情说找到组织了。颛顼也没听进去,说我先走,办点事,回头再听你老细聊。

回到驻地,看见女魃和精卫在踢沙包,一来一去,砂粒刷刷响。跟女魃说,以后内些看着就很拧的人别带他们玩了。女魃说昂?噢,好吧。

夒亙自在他爸葬礼上见识了行歌绕舞,也变成舞痴,说只有跳起来才觉得是自己。入泥河湾天天组织舞会,两军人员头一次见面办移交,就在舞会上,颛顼带着老童淑士,山戬带着共工合同。

夒亙给颛顼山戬介绍他身边几个活跃分子:型天、夏耕、贰负。(因史料阙如,后二将所部番号军职均不详。)

颛顼拉着型天手说这个人不熟。

山戬说你们这都什么呀,大白天的。

夒亙说我们已经溜溜好几天了,盼你们呀。

颛顼说你这个名字很有意思。

夏耕说我本夏人,无名,被人掠为奴,带到南方,学会耕地,故以业为名,后来跑出来拉杆子。

颛顼说有有,打井的姓了井,编筐的姓了滕,这个好,也不必混出名才起名——好!

颛顼说这次来呢,主要是想和你谈,停战是个临时约定,这次希望能搞一个长效一点的部队脱离接触协议。

夒亙说不急,这事不急,我看重的是这儿,——指心区,这里脱离了,实际也就脱离了。

颛顼说这话有点接不住阿。

棽茛说酒在那儿,自便,大家自便啊。

对颛顼说我伺候您。

颛顼说自己来。

共工说这都什么味儿啊?

贰负说:哥,能有幸摇摇您么?

颛顼说阿,你们这儿还带摇人的?我跟他,——指棽茛,还有几句话,完了我去找你阿,让你摇。

棽茛说依贼,我觉得你还是有点宾着。

颛顼说我就这么一人,不是对什么有看法,天生长的丧,他们都知道。

山戬说他在家跟自己也放不开。

贰负说一点看不出来。

棽茛说我觉得吧,你这样特好,我永远都是这话,没不对的事儿,只有不对的人。

棽茛嚷嚷:是不是这块料有没有问过自己啊?

颛顼说应该整顿。

山戬说我现在真是不知说什么好了。

棽茛说都特么滚蛋!

合同说您一点没出汗。

颛顼说老了,跳不动。

棽茛说你没玩好。

颛顼说我玩的很好，很高兴。

魃垔说喜欢你。

颛顼说我也喜欢你。

魃垔说特喜欢你。

颛顼说我也特喜欢你。

魃垔：姆姆姆……啵儿。

山戬说这是弄了多少啊？

颛顼说走个肾。摇着一只手，晃着，穿过跳舞人群，合同摁住他肩：没事吧？颛顼摇头：没事。拐弯紧走几步，绕过一处野炊营地，来到河边。

河水闪闪灼灼，像无数眨动俏眼顾盼而过。颛顼站着不动感觉地在走，一泡尿撒得曲曲弯弯，真也就大了，定在河边，魂儿跟着流水漂阿漂，走没影儿了。

这一定就不知身在何世了，只感到岁月辰光烈风一样从耳唇间呼呼刮过。这之间，老童来过，端详了一下他，没嗳嗳，走了。

之后就见对岸有人坐着木盆渡河，浪泼在身上透出身条儿，跟盆浴似的，只听人喊：大君爆了。

19

　　风后送给颛顼简报中提到，九黧国上三部人士（这里主要指蚩尤大君和他的红铜家族）与我部一样，同时崇拜两个上帝，大昊和太一。只不过他们的大昊与我部有别，类同于同为神农世系大庭炎帝部之大皡。我之大昊虽居所为日，权能至高无上，综摄全天际（职理解，位在太一之上。只是不知你老怎么想，是否正确，若有不妥，请指正。颛顼批复：我亦无所想，此事岂由人定，他日当亲聆二上帝面谕为是）。故又称昊天、苍天、老天。彼之大昊居于日，职能也仅限早出晚归发光发热，故又称丕显、大皓。地位与太一持平，一个负责白天给力，一个负责夜间指向，符合迁徙人民共有承传，跑路须留意、仰仗两大星宿。九黧下六部及南方诸苗则大昊别称更繁，有阿拉、阿蒙、阿吞者，细分至不同时段不同日象，越往南发音愈古奥，大有几不属我语种之匪夷。登北氏发读恩卡，热带气息掩面而来，或可判同出一源，根芽可穷遂至女姒女媭内一茬古热带老祖。南人传说亦认女娲为生殖链上游一姐。沅江有猫氏——古褒国苗裔，在南方诸苗中地位崇高。大君本人亦以自身流有古褒黑血为荣。只是多出个盘古在地创世不知依据为何。职等深入访问打探，南人多支吾，在地亦未见擎天柱、盘古骨什么的有价值历史遗存。

与炎帝部传说类同，南人二帝崇拜亦粗糙，尚未人格化。一套神话体系必备创世造物之大事缘由、等级差序、道德垂训及绝对正义末日预言皆付阙如。只是两颗星，昼夜嬗替于天庭，散发着朴素光芒，威福所至形同自然灾害。天人交通——崇信兜底功能亦不闻其详，不是没有，有。九鳌国凡大事——征伐、大位重权移交必设祭，降二上帝加济认证。只是祭法祭义保密，不与外人道。职等深入打探，与九鳌名巫烛阴、雨师妾深度同骇——此二巫均作为助场参加过蚩尤大君年中大庭就伪炎帝位大局——于骇中得知，也是附体。法器、咒语并无出奇，还是靠量，量到，想谁来谁。还是自说自话。并无天幕大开，天使歌唱，云中闪出天兵天将，上帝们亲驾雷电降落这回事。内次二帝没给准话儿，烛阴说她亲听其中一帝——因为概出大君之口，若非自报家门不能分辨——说：世世更名世世过，这一世又这么过了么？不知指什么，压根没抻这茬儿。大君出来很落寞样子，怔忡良久，复涕泪长流。之后再无张扬，复以九鳌国主名义例行视事。

考查上古传说，从无一例上帝恬然现身，嘿嘿然落地，引发万众哗然，匍匐瞻仰，资足坐实信仰之观载。其所言莫不出于中保，我等叫巫、先知、灵媒。也就是说中媒绘影绘形，中媒滔滔如画，旁人又能看见什么呢？不过一个半疯，颠倒痴狂，如盲如茶迟，业内叫都在骇里没骇在街比儿。旁人能领受、确槌神意，依据也仅止于斯言而从未、无从得见其容（以为根本都是大话，托言上神以醉众人者谢谢不聊）。

世人皆知美不同体悲不共声。业内皆知心识欲海本是图像，在语言文字先。人受语文规驯还是规在面具——人格之表。中媒根器有异，中媒来历不一，各怀心事，哪一个也不单纯。故众神各赋其形，自有门户。正所谓一百条汉子有一百种不敞亮，一方风土养一方神。

世人皆知父精母血谓之骨肉，又怎知父母也是他人子。慎终追远要追到根儿，那海底遗陈也不尽是人类过往。

唉内喂，上古百家说发微者、诸神起源研究大家李鼻先生在其名著《绝》文中写道：《三坟》曰：天地万物自无名始，有名归。这个"归"是指归于可以述说。神也不例外，从自洽自足，到被人认识，喊出名字：大昊、太一；二上帝已存在很久，就那么瞅着人连滚带爬，来来去去，一声不吭。

迄今无史料可征这一过程如何发生。上古好事者也多，惟特此事无信载，无轶传，无人跑出来说这好事是我办的。有关上帝这个称谓，迄今所见最早记载出于《五典·舜典》"肆类于上帝"云云，那已是很晚近了，也只提到职称，名头，什么上帝语焉不详。太一，始见于文学作品《庄子·天下》评论余祖之道"主之以太一"，他怎么知道的？我们家事我们家不知道你知道？二上帝什么时候跟你说的？还是您自作主张一拍胸脯给起的名，我就这么叫了！这个事不能马虎，上帝们亲口搭讪你，告知你，没问题。您替上帝起名还不在于是否托大，在于那可能不是哥儿俩真名，叫错了，后果很严重。不出事，最好的结果是——您能搭理你么？

这是一笔糊涂账，糊涂到设若余等恪守古籍至上，古籍惟一（且不说古籍是否可靠），横言无信载无历史，就会得出上古无神，根本一片荒芜，一切都是后人附会——的结论。

那么问题来了，这个事到底有没有？余与卫老、伯益老碰了一下，我们主张还是有。既然已经无法拿证据说话，可以合理推导。我汉史学研究一向秉持这样一个认识：凡是一出来就浓眉大眼四体俱全，在先一定有个闷蜜、发华、反复孕生过程。一件事是这样，一个观念、一个词也是这样，都是掂量、跑偏、左擎右挟、穷治乃得，有收获必有憋宝。

一定有个人或一小群人曾经积极与神交通，获神巨眼青睐。只是史上无名，我们不知道。不知道，不代表没发生。

　　这个能认识神，喊出神名字的人也一定是神给了他足够印象和教训之后，成就的。这个人是谁，依据无生有、零生一约识，兼顾神创，同时排除神选择偏好，应优先考虑史上第一人。依据男不能孤雄繁殖，女则可无玷受孕这一广为人知事实，这第一人应是女性。依据我们身上退化循环系统经络，退化免疫器官扁桃体，退化消化器官盲肠，以及智齿，立毛肌什么的推论，这始祖女不可能生而整全。在她之前还应有姑妄叫类人阶段……余把自己绕进去了。如果同意有类人，第一人——始祖女就没必要存在。就允许有一小批类人同步演进，有男有女，生殖问题在那之前早已解决，不管是胎生还是卵生。零生一都不必存在。如是，置神何为？

　　喔来喔，这不是本文要讨论的问题，本文讨论的是在认识神前，神给了人多少教训——也不是，本文要讨论的是人怎么结交的神，从一无所知到一点点完成对神的认识，什么情况迫使人需要神。一家说这根本是伪问题，人本神造，不是人设法结交神，是神多事，造了人不得不扛起这份责任，一直担待他。一家说也没那么离奇高端，就是一帮兽变人，胡乱生在世上，东躲西藏过日子，被打雷闪电惊着了，心里起了怖畏，就敬他是股势力，说破了还是拜大力丸。两家说都特别有道理，事情大约也真就这样在两群人中如是发生了，在此不讨论。感谢伯益先生毕通年如一夕，点灯费蜡，剥蚀尅霉付出艰巨努力，使余等在赤手空拳近乎全黑史前研究中又见一线光亮，多了一重证据，——南武涝又出土多枚疑似炎黄时代古歌残简，个中上帝已显见拟人，现煌列如左：

汤汤逝水，女之将浴。迪迪磊峰，女之将出。昔我壮游，蹞踬不归。今我将死，哀哉怀哉。

我之秘密无人知晓，我之悲哀无以言表，那是心里对你的好。因为敬重你，终生远离你（异本作"背对"）。

神！你的名字叫暴君。

曷予归？泣已矣。

在《那什么》里，这些残句都被收在《垂死之歌》卷。并请古歌发掘鉴赏大家伯益先生作按如左：这些歌作者籍籍无名，常情推想大可能为当时驻桑修外地来冀部队战士，已在疠疫流行期亡故。其中四言、三言属典型东夷风，作者应来自大庭炎帝部。白话二首沉痛郁结，与北地军谣凉拔豁朗、东夷小调伤怀寄忍曲风大异，前所未闻，姑妄叫蛮风。作者应属南方部队。仅此数句便可断言，斯时上帝已不需中媒，已从遥遥高悬发光体，下降拉近到人可以倾注感情，可径呼为你（女通假汝）的一个——余能说长辈形象么？

垂死之人心里想什么？这是活着的人永远无法确知的。《那什么》收有多位参加过战场救护，并在疫期坚守一线看护病人参与临终关怀女巫回忆。比较一致反映人分两种，一种是对生尚有渴望，讲得比较多的是"我还能抢救一下么"。一种是对生绝望，战场猝中者大都默默无言，或已说不出话，偶有清泪淌落，自知不免。久病长卧者或有发问：人死有灵魂么？魂会去哪儿？还有一类，伤不致命，以为自己没救，想的比较多，唠叨，什么我太亏了，我还处男，姆家就我一儿子之类的。此类也可归于对生有望。

一个叫月的南军女巫特别提到一个她看护过叫黑子的老兵，此人原系登北部前营前排左掷矛手，涿鹿会战随部参加围攻三河口战役，遭炎黄所部砖砲直接命中头部，开颅见骨，因登北部野战救护手段有限，转院至蚩尤本部南军总院深度治疗，后创口难愈继发感染引致全身血败，终不治。

黑子入院之初，精神尚好，与看护他的女月讲：我才不信什么灵魂，人死就是咔嚓一黑什么全不知道了，什么天堂地狱，全是胡扯！女月说嗯，可是，你得承认平主任内次发功，请来你外婆是真的吧。蚩尤夫人平，也是南方名巫，在总院信仰疗法科兼主任巫师。总院收治的都是重伤员，上古外科有什么治疗手段，也不懂解剖也不懂消毒，刀都是石头片，很多人来这儿就是等死。天天往外抬人，伤病员精神负担都很重，也没人探望，家属——大部分战士就没家属——天灾人祸寿命短，都死绝了。平主任平日除了查房，对战场崩溃瑟缩如困兽病号进行心理疏导，要他们相信自己能好，再一个广受欢迎节目就是请神，也不请黄鼠狼长虫什么的，而是请战士老家儿，请战士报名近亲属，等于是探亲，请的来呢，一定是已故了，请不来呢，说明还在世上。很多人父母爷姥都请来了，讲孩子都不记得的儿时故事，爬树掉下来呀，跑路绊大跟头阿，身上乃块、乃块伤疤是怎么得来的，还有你不知道的未出世小弟弟小妹妹。场面十分震撼，战士哭得什么似的，说啊呀！这就是我老娘，走路姿势、声音一毛一样，这些事除我没人知道。

黑子内次是不信，父母没名——不告诉你！平主任很耐思（《骨辞正义》：耐思，耐心近义词，更偏重人好不爱急之特指），说没关系，我们挨个请，请了一上午，最后出来个老太太，一开口把黑子也吓着了，说这是我外婆呀！我就见过一面，听我妈说，我是外婆接的生，外婆当时已经病得不行了，硬撑着，把我拽出来递给我妈扭脸就死了——这一吓全想起来了。言罢红了眼圈，拉着平主任手几度哽咽，落下眼泪。平主任出来，胜任愉快说：你瞧，还是有点效果吧。

黑子跟月说我那是看着平主任不容易，忙了一上午，有意配合她，不好意思了。月说你内绝对不是装的，你还记得么，你哭成什么样了。黑子说我哭自有我哭的道理。月说但是你舒服了。黑子说承认，确实这点我还是要感谢平主任，装神弄鬼有必要。月说谁都别把话说死，因为咱们都是瞭望，谁也没死过，仅仅保留可能性行吗，还不许人有点盼头了？

黑子说行,听你的,允许保留,给盼头。月说替人类谢。

后,黑子数次深昏迷,院方几次报病危,停止用药,一次已经宣布临床死亡,裹上席子准备往外抬,黑子眼睛又睁开了。夜深人静黑子跟月说:还真不是一片黑,有光。月小激动,说快跟我说说,内边什么情况,我这使劲喊你,你还能听见——瞧见么?黑子说没太注意你,只一人在呢儿琢磨这光哪儿来的呢,也没太阳也没灯,没这边晃眼,比这边艳。

月说我知道,是物质湮灭发出的光——别问我怎么知道的。黑子点点头,说有道理,我正在湮灭,外部无光,是我眼瞳生光——化作光。月说什么心情?黑子说蛋然。月说没有什么话想说么,最后一句,向这个世界、自己一生做个告别,临别寄语。黑子摇头:不关心,一步跌出,万事皆非,我也不是我了。噢忘跟你说了,没人来接。月说那你挺棒的,这就叫合一了,有人来接一般讲路分不太高,还在现象界。

后,黑子进入弥留,最后一次醒来,大睁着眼对月说:妹,日后可去北方找我,某受命北方黑帝。月抓着他一只手使劲摇,说你在想什么,不要乱想,不要跟人走。夹着一领席子一直在旁陪着的平主任说:放手吧姑娘,人已经走了。

20

每到冬季，都是南武涝新成果发布季。我坐在宫里，闻见醋味，就知道代郡驴队进长安了。越来越多证据显示，上古人民头脑远没有我们想得蜡么简单，他们的上帝班子出人意料庞大，在大昊太一这二位一级上帝下面还有五位二级上帝，即北方黑帝、南方赤帝、东方青帝、西方白帝和中央黄帝。此五帝皆为人格神，其中四位由人中俊杰死后登榜。除北方黑帝出身行伍，其他三帝都是名人。黄帝，众所周知由公孙轩辕带职直升，可说这个职位就是为他设的。赤帝在南人那里往往写作炎帝，对南人而言赤日炎炎是一回事。

白帝玄嚣——老病号，一生也是悲剧。百涿首战，师老大庭，对夏一师失败有责任。后身体一直不好，战争末期作为第一批闲退人员疏散出去，密在玉泉养疴。病好出山没人了，绝地天通已发生若干年，余生都在追赶部队。曾在长江流域称帝，宣布有天下，心说你们还不找我？也没人找。当地人都不太知道这事。后自请处分，宣布退位——降居待罪。还是无人过问。后辗转各地，到大庭去见炎帝，哪知所过之处一片湮废，东人不闻炎帝久矣。后游东海，在青岛浮山脚下渔村住过一阵，可能以跳巫禳祓为生，所谓行太昊之法，自称少昊。曾用名很多，后不知所终。时人悯其一生错位，进退失据，生为帝子终以布衣没世，为其立祠，曰白帝子。每于祭乃告：女应往来时路上找。是罕见为神主祈佑庙祠。

青帝一直空缺。近代神话改革，也是太昊派太一派长期较劲结果，太一派胜出，降太昊为青帝。我承认，这事是我办的，也不是我个人意见，是朝野共识，天无二日民无二主，并列上帝不像话。至于为什么不降太一，可以告诉你，因为太阳一直有争议，冰河消退即天下气温上升，大洪水退去，气温还在上升，太阳遂为害日，在很多地方引发大旱，遂有后羿射日说。其说始见于李鼻先生家藏《海内经》底本：帝俊赐羿彤弓素矰，以扶下国，羿是始去恤下地之百艰。时，十日并出，羿射九日，落为沃焦。李鼻先生故去，家藏本流出，后句时十日并出羿射九日遭剜去，据说为太昊派所为。这个"时"当为炎黄时代，指黄帝六年大旱。

南武涝出土简书亦有禳辞斥曰：其容通通，其淹荣荣，三岁不除，乃作凶。又有绝收山民忿而作歌诅曰：曝彼泽塘，摧我苞桑。时日曷丧，予与女皆亡。后句传为金句，为后世各种严重码逼借用，以誓决绝。(《骨辞正义》：码，素积久累；逼，最高等量级；码逼：积怂至翻脸。亦胡可称：码了。)

太昊派，李鼻先生有言，上古惟指大庭炎帝部，又称太昊炎帝部，后炎帝时代其遗民在今齐鲁地区先后建立几个小国均称太昊之国。帝俊，炎帝也，亲授红色大弓予羿以抗日，可证斯时太昊派上层对日看法已发生重大改变，这变化全无撼动、颠覆太昊也即太阳无上大神地位意思，而是对其神性作进一步更深入探识。李鼻先生在《绝》文中引征卫氏壁中书禳辞"惟太昊不常，善降之百祥，不善降之百殃。其常，惟以义"。《那什么》卷二记作"惟以德"。《那什么》目前已出六卷，伯益先生忝列联合主编，曾指出：人们认识到太昊也即上帝具有两面性，时而送温暖时而降大灾，此并非神性有二，其背后一以贯之尺绳或曰本质是义。（卫绾案：此义从刂，是收割的意思，也有清算的意思，非基于利益之"义"。）考虑到上帝无私义，此义当为公义。李鼻先生写道，这个认识要放在大疫之后正日日兴起重塑神格，也即神格人格化运动中看，即可看出此乃太昊人格化之滥觞。

太昊上帝的公义性南武涝出土禳辞有大量记载：郊用网，伏于途。田无禽，野无鹿。帝昊惟其用罚，绝兹部。

伐木伐木，斩枝作殳。大君用伐，有嘉涂戮。突如其来，焚如。死如。弃如。帝昊降我十日，赫赫如。

食父数骨，妻母媾妹。帝其作我孽，降摧。

苍天阿！你睁开眼睛瞧瞧吧，瞧瞧我这个老实人，信你的人。我射每一只鹿，每一只虎，每一个人，第一滴血，第一块肉，都是先祭献你，我才喝，才吃。我伐每一棵树，烧每一片林，人居住的帐、棚，都是先祭告你，以你的名义，用你的光，点燃引火的草……苍天阿！你为什么背弃我？

神阿！今夜我在异乡，独自一人，想起你，想起过往，你居住在我里面说过的话，才懂你心思。如今我身陷罪恶，遍体污秽，每天过着可耻的生活，形同已死。神阿！河上闪烁的光是你的眼，夜间啼叫的虎不拉是你在叹息，这一切你都看在眼里。神阿！我不幸猜到了，这一切都是你的安排。

卫绾案：上古禳辞尽可歌，如撕如诉，皆可归为恨语。绝地天通大整顿后人神分离，其辞不再。其遗韵今坊间人家出殡尤可闻，俚俗所谓妇人哭丧调，只是撕诉对象今古有别。

这些禳辞有……怎么说？批评无差别杀害动物，这一行为后果——田野空旷，实际也断绝了人类自身供给。控诉战争，指认战争带来破坏和死亡是造成环境污染、瘟疫流行的根源，有几把火是人放的。站在遍地遗尸、骄阳赫赫战场，天有十日是深刻心理感受。在这一派末日景象下，幸存者思考也包括了血亲交媾和吃人积习，可说是更痛切道德追问：

人何以为人？这问题应该不是第一次提出，这一次之所以特殊，因将上帝扯进来。祂的报复紧随人恶行展开，迅猛而无情，针对性之强，于某时某地，对特定人群近乎定点清除，很难不被视作一种基于义愤的终极回应。

由是，上天具有了一副道德面孔。也不是自此才有的啦，以其高高在上光芒万丈且具超大打击能力的样子，从来都给人很大压力，这压力促人怵惕，某种时刻直可换算为自律。

李鼻先生写道，道德是否作为一粒种子由上帝播在人类心中余不曾通神，余生也晚，余不能确定。以现有传说看，鸿蒙开辟，人生而无德，并无迹象显示干预存在，否则造物就要为很多过往负责，那也不公平，人走过的路要谁负责就是对谁不公平。路径设计在先，有预定而非即兴，脱责有困难，到底不英明。这也是余更倾向这世上有个野蛮演变而来始祖人，设若兽变人，或应称始祖兽。依孤雌繁殖序理，此兽必为母兽。有没有那么天真不重要，此兽孤独在地并不需要道德，尽可以赤身露体，满地打滚乃至——余也不知道她还能怎样散德行呵呵。她要活下去，必须不道德，侵犯其它动物。可谁在乎呢？到第二只同类兽——他，出现，天知道从何而来，感孕而生？追尾演进而来？余不得不大胆假设，演进过程与发生未必只攘括一只，而是影响一群。不管怎么说，多一位就好办。老两位生下第三位、第四位，形成一小群。无须任何外部势力介入，老几位之间也会发展出一种彼此约制分配关系，以利共同生活，姑枉叫自来德吧……

李鼻先生遇到坎儿，《绝》文写到一半感到脚下漂浮，立足不住，踩不稳人立场。自己下厨，焖了锅黄豆猪蹄，请卫绾先生来家吃席。与卫先生讲，我很痛苦，过往了解越多，愈觉人类罪恶。我们在干什么，还要怎么过瘾？你千万别告我这是一种获得应许生活方式，嫩么多，昂，万物——包括人自身付出代价，就为得一只会思考、能反省头脑？你千万别告我这是一种高级。

卫老说感到痛苦了，可以跟你聊灵魂了，你的灵醒了。

鼻老说欧，是吗？卫老说本来好好的，一切合情合意顺理成篇，忽然不合理了，也不为情所容，人还是这个人，也没另长一颗心，谁突然不安了，谁正在从里往外瞧？

鼻老抚摸着自己脑袋，仰天四望：我的灵魂啊。

卫老说当然你看这世界就不一样了。你对历史不满意，因为你接触都是政权史，成败史，书吏都是俗务家，书吏都是致用者，书吏都是半道虫，眼中所见只有得失，成大以为德，弥久以为道，机务缠心，不免往黑暗总结套路。看你书稿，真心为你捏汗，生恐下句惊现射帝王策"不自为大故能成其大"，着了令老祖一样的道儿，得亏你老噎这儿了。

鼻老说我为毛会噎这儿？卫老说立场限定了你的德操想。一帮人在沟里，走得快，走再远还是在沟里。你应当怎么样？停住脚，修正立场，蹦蹦高儿，争取爬到沟外边去。

鼻老说没听懂。卫老说还不明白么？人是什么，高级逐利动物，虽然你不同意高，还是高，高在哪儿？高在会把同种互利浑等于单方付出，母与子阿，个体与社会阿，发明一个词，叫利他。训曰无我，标举称义，使人言利而不自知，以为超出动物科属，乃一全新种类，有灵异，可逆本能而行，近于神，而实尽在本能中。这种立场立德——你讲话自来德，我替你把话说到头吧，为种群利益最大化而死，至矣尽哉。

鼻老说我请问我现在正在和谁谈话，咱们在哪儿说话呢？爬沟外去，脱离人立场，请问你老现在哪里，沟里沟外？

卫老说我，随时沟里随时沟外。你上来，您受累上回沟外，你瞧瞧，沟外风景好阿！沟外有你没见过大世面。鼻老说我瞧什么呀我瞧，我连自己是谁一会儿都不知道了。

卫老说从来没离开过沟是吧？根本无从想象是吧？在沟底呆长了都这个德性，以为沟底就是满天下。只是想一下，稍微挪挪屁股，放下你做人臭架子，——你现在想，马上想，放下猪蹄，想象自己是一头猪，一只狗，在这个世上生活很慌张，很恐怖，到处都是特么的人，个个没憋好屁，都惦记吃我肉，喝我的血，奴役我子孙。很难么，把自己放到其他动物一样境况设身处地去想？谈灵魂，就不能闷在沟底捂上盖子谈，就要敞开谈，扒皮抽筋数骨谈。不能人照人，照出来还不错。要从其他动物——老天呢儿借镜子，回头一照，嗬家伙！原形尽显。何愁无以立足老哥哥，沟外天大地大，沟外宽绰得很，就看你愿意不愿意，何处不是你老立足境？

鼻老放下手里凉猪蹄，拿手巾擦汗，说不好意思，刚才已经拧了，现在又拧回来。但是懂了，天——是天爷的意思吧？与天爷并立，不敢。立于尘，立于非人之境，与众生万物同气相和，可以考虑。但是，你对我打击太大了，你太过分了！你让我连做人的信心，——差点丧失。

卫老说想没想过人为什么需要神？鼻老说什么意思，我以为你是信神的，您不是一直摽着祂们，跟祂们有交情，我还说乃天请您来一段，今天不行，今天吃了猪蹄。卫老说什么交情，别信内个，都是吹牛啵，神跟谁也没特别的交情，祂多酷阿！我意思说我也不是不信，也不是像他们内个法子信，我情况比较特殊，家传会这门——怎么讲？——知识。

鼻老说不准确，还得说有这个根赋，这也不跟牵牛似的，鼻孔拴根绳就能领走。卫老说随便吧，并没有经过像您阿、炎帝阿、黄帝阿——你们这批先驱这种极揪扯、极挣巴诛心过程。鼻老说您抬举，您对我评价太高了，今晚睡不着了。

——祂就在了！卫老说。跟我们家一老街坊似的。所以，我这么说可能有点理性阿，神一定不需要人，这个用小脚趾头想都知道。说神需要人那是人虚妄，只可能是人需要神，人为需要什么造不出来？谁也别跟我扯灵界的事，比你们熟。有的神太像人，过日子什么都懂。我只能把话说到这儿。

鼻老说但是有些话，也不是人能说出来的。卫老说这也是我不排除所有可能的原因。我卫氏一门世代通神，老人素有家训：奇迹无有是处，神通全是幌张儿，灵界不理俗事！认识神，是眼界的提高，思想的解放，了俄这世界不是唯一，人生不是全部，因而心灵得自由。若倒叫人不敢想，不敢说，身心如负重轭，只求一个安稳，生活得到救济，生产力得到发展，凡此种种皆为左道。鼻老说是是，你们家教训深刻。

卫老说神学问题先搁下，紧迫现实摆在面前，黄帝六年，百颓待振，还不是人的权威得不到尊重，讲话没人听，大家乱搞，请出的神太多、太杂，包括精神错乱、分裂出内些嘎八人格，他那里以神口气说话，你怎么和他聊？所以一级上帝也必须动起来，不是你想不想的问题，只有这样才镇得住台面，这就是太昊衪老人家当年出面问事大背景，供您参考。

鼻老说老弟阿，兄长有个不情之请，可不可以你我携手，共同完成这个著作，你挂前边。卫老说呵呵，你行，兄长，不用我充数，故事就在你脑子里。鼻老说行什么行，行个鬼！我又不在现场，哪里有故事？材料不是从你这里摘一点，就是从伯益那里淘一点，你也不算多可靠，他那里送的货越多我越含糊，每天摘菜一样，一堆拣一棵，棵棵不满意。

卫老说信不信三生万物之后，万物就这么多了，不增不减，只是互相流转？鼻老说嗯，好像也没什么理由不信。

卫老说神创说同样支持这个观点，神创世之后就歇了，也就意味着再没有什么新鲜事物被制造出来了。鼻老说好吧，我信了，你要怎样？卫老说我不要怎样，只是告诉你，所有历史都是当代史，所有未来——人类末日，咱们也都将面对。古人不陌生，那里有个你，你就在现场，你比古籍丰富，每一当刻发生细节，历史没记载都记在你心里，用我们门内话说：凡发生的都不曾抹去。只是兄长您，打开的方法不对。

鼻老说我知道你要干什么，你小子一直惦记搞我，但是我告诉你，我不需要，我天生就有这个，有时你比如喝一点酒，熬夜熬得晚一点，会看到很多东西。卫老说两码事，两码事行吗？你现在特别像没做过爱的人在吹自己很会做爱。

鼻老说你算了吧，你才是只扒过女厕所就以为自己是妇科专家。卫老说哎哎鼻老，您踏踏实实的，没人惦记你，我早不那么想了。过去我以为天下人都一样，只是表面不同，虽然现实惨谬啪啪打我耳光，如今我还坚持天下人都一样，但是表面不同已足以造成人和人不通，因为对很多人来说表面就是一切。您，就属于内种特别不适合见真相，能被真相吓劈的人。鼻老不服气：我怎么不适合？我一点不怕！我不认为我有多看不开，人生大坑，性欲、食欲、功名欲我也都扛过来了，现在跟谁都不争。卫老笑说恭喜您，这都不挨边，一辈子活得小心奕奕是你吧？自我感觉挺好，能躲的都躲过去了，为自己一点小博闻、小睿敏、小卓尔惺惺自珍是你吧？

鼻老挺直腰板说是我，怎样？难道还要我像你一样奔走于、周旋于——我就不说你干过什么了，哪儿都有你。卫老说你瞧，小猫须子揪不得，这跟干过什么没毛关系，一辈子专注一件事才出强迫症，到时您爱惜寥的，一辈子安身托命这点事，忒儿——没了；跟那烟儿似的——散了；搂都搂不住，不是事儿虚，是你虚，你不存在，您还不得慌批了？

鼻老剔半天牙花子，呸呸说：我不存在，从来没在过？姆，这得慌一下。卫老说岂止是慌，搞不好疯圈了，就怕这种小事有成，成就喜人的，不敢招您。

鼻老说行吧，我们特么的倒成小事有成了——你为毛不直接管我叫事儿催？卫老说事儿不在大小，行行黄土埋人精，我还是这态度，敬重所有执拗者。但是就请您永远执拗下去，守着您内寸壤、内份念想千万别断了，这事儿不带一根筋玩。

鼻老说去你叔的吧！卫老说骂人，没意思阿。

鼻老说那这么遮，你是常去是吧，当年你也在场？

卫老说曾经受过的怎能忘得了？我现在一闭眼，内棵挂满咧枣的老树阿！不长草露出肋叉子的黄土崖阿！巨人走过一脚一脚踩得净是窟窿眼的旱塬阿！满河床热锡般滚沸的桑干水阿——就全到眼跟前。就知道坏了，时光又重演了。

鼻老笑说你瞧你内造性。

卫老说你收回你的话。鼻老说我收回我的话。卫老说当时是盛夏也是熟秋，果儿结得那密，树像喷了漆，草长得那深，那高密，跟草他妈家似的。响晴午后，山都缺了半砬，只有崖向阳，就像你现在蹲我跟前，比这还真！我蹲在河边，默默的，旁边还蹲着一圈人，都默默的，光着膀子，穿着草裙，女的应该是媿——飒！然后他们一齐抬头看我。

鼻老说您……是谁呀？卫老说不想说，难过。鼻老说那您再来只猪蹄。卫老说看着就够了，你们家这顿饭严重不骇。

鼻老说那没办法了，我们家就这个，下回给您蒸花馍。

卫老说我对绝地天通有责任呀，这件事就是我引起的。我当时姓孟，叫翼之，是颛顼他老人家侍卫。家世不记得了，我觉得我是海边人，因为我时俄梦中身处洋流，满眼金针，孤身立于滚开铜浆上摇橹，听煎饼二字就觉得齿颊生香。

鼻老说原来你好这口儿。卫老说也不是啦，听见咯吱咯吱，我也会腮帮子酸，想老排叉，可是不觉得香，我爱吃皮套的。鼻老说这又不知是乃辈子的事儿了。卫老说查阅史料，我能到颛顼身边工作，应是百泉休战，炎黄合军之后发生。

鼻老说这还能查史？卫老说嘿！查史很重要，读到某人某处忽然乱会意，画面大涌，此人便是你的前世，此处便是你的过往。鼻老说大涌常有，原来是这么回事。卫老说不一定是你当家主事，但是，你老在场，小心留意带入视角。

鼻老说姓孟——有姓，家世应该不坏，至少是个小头头。

卫老说偶闲乱翻姆家壁中书，眼前老出一景，跟着一后背往草木深丛、广大蓝天走，时而路绝，脚已探至崖边，有恐高，眼下是峡谷。几回想瞧后背脸，抬不起头，老是一后背，一扇大脊娘，两支肩胛片，一溜凸凸脊柱索环，和顺脊娘沟子往下淌油米亮粒小汗珠，此背大约母应是故人之背。

鼻老说这人够高的。卫老说不是他高，是我左右乱看，一会儿瞧见一人，一会儿瞧见一鹿，鹿闪了，根本没往高看，是警卫跟包视角。鼻老说跟包也有走前边的。卫老说是是，经常我也走前边，就不明白我为什么，在呢儿，乱看什么了。

卫老说画中也常有帮好兄弟，身前左右的，栽棱膀子露个脸，没事蹲一圈望天儿，赶上晴天有女的，穿都挺穷。

鼻老说能托你一事么，下回，万一后背回头，能替我问一句么，这能问吧？卫老说能问，但不是每回。鼻老说就一句，您是颛顼老大人么？你们老哥儿几个，到底怎么看上帝这档子事阿？卫老说你说你这个人，就想你自己内点事，不带这么功利的，不带你玩还一个重要原因，不能带着问题学。

21

　　夏五月，诏令叫各郡国推荐品德贤良，有文学才能的人。我亲至宣室殿，亲自出题面试，并没有发现什么人才。

　　秋七月，癸未，日蚀。《那什么》出了七卷，主要收录一个名叫孟翼之原炎帝部伍长口述《绝地天通亲历记》（异本作孟广危）。孟自言，他是响当当太昊派，起小就是，在家过着日出而作日落洗洗上炕耕渔生活闲来要个饭。跟太阳熟，每天睁眼是祂，也知道老人家厉害，能养物能害物。因为睡得早没见过太一，也不关心，只知是满天星最稳内颗，具体方位处南处北不清楚，夜里上茅房时候找过，没找着。

　　在他们老家，只有孩子走失被拍了花子的，经常出没山林劫道犯了事亡命他邦匪类，家属才在炕头偷偷拜太一，夜里上房刷一刷银河，祈盼孩子能自唧个找回来，老公兄弟走夜道别撞见鬼。在他们这些个老实人一贯心说，介都是邪教。

参军到了部队，天天走夜道，先找到了勺子，后找到内颗星，会了。也是抬眼得见，因其遥远小颗，厕身群星，虽晶璨可鉴，也远未至夺目。用小孟话说，也就拿祂当盏灯。用部队里内些文化人，上层内些女的、魄什么的话说：或有辨向之用，惜无慑人大能。都不太拿太一当回事。部队内些粗人，说的更难听，你要收我，先得拿住我，做不到让我怕，我怎么怎么好说话阿？实在不行您卖我点好儿，像人太阳，至少让我暖和，晒嗬儿能干。再不成您好看，招人稀罕，像个阔太太，给您当跟包，人前人后蜡么一张罗，跟着闪亮。一门不门！——这是炎帝部上下对太一基本看法在早那前儿。

百泉合军，孟翼之被编入拳击师，临去新单位，炎帝专门下来动员，给大家讲注意事项，要注意团结，尊重黄帝部风俗和生活习惯，不要一见羊就嚷膻，看到人家姑娘光膀子奶孩子就贼着瞧个没完。犯忌讳的话少说，别人不留意触犯到我们忌惮也不要太计较，要大度。特别讲到太一，在北地人民心中位置相当于我们太昊，不要乱议论，严禁就部族信仰与友方人员进行争论，讨论也不成，友方主动问及，就说我们没信仰。做到不打听，不传谣，谁出了问题个人负责。

小孟回忆，他们到了新部队，也没有发生炎帝担心内些事。涿鹿会战前期战斗很紧张，拳击师作为战役预备队调来调去，人员也变来变去，刚熟悉就走了，新装备——石斧、棍棒下来，手里有了武器的人往往立即补充到一线部队，告别都来不及。斧棍旅被歼后重新组建棍二师，抽走大批骨干，师缩编为旅。后又根据拳脚不同，把能使脚的人分出去，单成立一个散打总队，小孟就是这时进入散打总队警卫支队，因其个头大，嗓门尤大，被选调到炎帝身边作喝道警卫。

也就这么简短接触，小孟深感太一信仰在黄帝部战友中决非泛泛自然敬畏，而是有祝祷、唱颂、敬拜仪轨深植入日常生活相当规范的嗯，精神依赖体系。其教义——太一本质，人神关系，决非举凡新创之说辞不逮意、言不承物内副褴褛相，可说是言诠有序，自证自圆，操练得很熟的一套话术。也就是说这一套搞很久了。黄帝部人员成分也杂，有本部、别部、戎部和抓丁补入边地流民之分。本部还分上三部和下几部。人员精神状态、思想感情、习用方语乍闻之下无分别，接触多了分别甚大，小孟搞明白也调走了。据他观察，太一信仰愈近本部上部影响愈深——还不好用虔诚二字。在三河口驻防期间，他和一个名叫舟毛的老兵混挺熟，俩人虽不是一个伍，但睡觉挨着。拳击师紧急部署到三河口，随时准备投入战斗，保障跟不上，始终处于野营状态，白天陈兵布阵，晚上就地蹲下打盹。后来老下雨，部队都感冒了，当兵的包袱皮裙子都顶脑袋上，看着也不像话，上级同意以伍为单位打草帘子，支帐棚，什伍披厦相连，遂成大通铺。小孟他们伍挨着舟毛内个伍，两位伍长守着一头睡，就睡一块去了。

部队熄灯早，都是大小伙子，躺下也睡不着，净瞎逗的，叽叽咕咕说话，躺着开小会，营队干部查铺，骂一声，肃静一会儿，人一走，又跟伏天唧鸟一样一齐噪起来。小孟舟毛铺挨铺，一翻身脸对脸，俩人相视一笑，就聊上了，天南海北走过的地儿，吃过的好饭，处过的好村姑，打过的牛啵仗。

后半夜全营都睡了——他们一个营划一个防区，铺通铺，广义上全营一个大通铺——只剩说梦话的了，他们还在聊。他们以为他们是朋友，旁人也以为他们是朋友，铺挨铺搞基的他们附近就有，跟被窝里养蛤蟆似的，呱呱响。但他们俩不是，只是很纯洁地聊，最后困得不行，闭着眼睛聊，就嫩么头挨头睡了。就这么一层关系，铺友，不远不近，一起偷过几次东西，各自调班换到同一个时辰游动哨，各带一新兵，俩俩一组，一组走东，一组绕西，在北碰头，让新兵蛋子放风，哥儿俩去营首长小房偷酱肉。营首长睡柴垛上，絮一层厚草很撒吃，头枕半拉猪。要在营首长耳朵边摸黑割下一块，需要极好手感和上佳刀术才能全盲操作。肥腻大块自个当场无声咽了，这样逮着也是已遂，瘦渣儿捧手心里跑回去和新兵蛋子一起忒搂了，比真上席吃——香。

他们营长季禺是个新兵蛋子主要舟毛这么叫他，特拿自己当回事内种人，一直在警卫支队干，炎黄二帝从海坨转进涿鹿他走前边，路上打过狼。全军二次整编下到部队，把警卫支队内套作风带到部队，特别重视队列，军容姿态，晚上不睡觉，隔半个时辰吹一次紧急集合，把部队拉出去越野跑，回来渴得人人叫水。个人卫生抓得紧，早上开饭前废话特别多，挨个检查战士手心手背，抓起手指头闻，也不知闻什么呢。舟毛叫孟儿他们吃完猪肉先摸点屎再洗手现在知道为什么了。老舟自己不摸屎，季禺走到他面前也从不叫他伸手，很客气，叫他老伍长，有时假亲热还小拳头捶捶老舟胸脯，据说他小子早年入伍是老舟伍里的兵，也透出舟毛老资格。

此人每逢月圆行为乖张，必组织营部鼓手、口令员、匪哨手登高喊月亮，击鼓吹哨。内时没号，鼓只管向前，其余调动部队变阵、分进、后撤全靠匪哨、挥手和喊。考查军事指挥员先考嗓子，尤如下三代御夫多得晋身裂封。古谚云：厨子出相，吆喝出将；一言以蔽上古取士之道。——他本人又唱又跳，极尽骨折癫痫舞姿，有时痛哭，至天晓月隐方休，第二天跑操不起铺。

小孟那时对燕北方语吞字卷舌儿化还没听大习惯，营座唱的嘛玩意也听不清，只囫囵入耳无屎无无屎，捂钟五五钟，大滑翔，嗡你妈比哄什么的，跟骂人似的。就去问其他黄帝部老兵，这些兵一听营座开腔便各自肃然，得知唱的是《坠绳经》，很古老一部绳文经典，里面都是神对人说的话。

这时他的好基友舟毛也会叫上右营一个叫老蔫前营一个叫羊蛋的，也不避人，就盘腿坐在通铺上，三人相对，时而低语，时而默然。初，孟儿不知那是人家组织活动，还往上凑，献秋梨献栗子，跟人搭葛，你们原来是一单位的？人家哼哈笑对，咔咔啃梨，叭叭咬栗子。炎居——合同族弟，在师里当匪哨手，跟小孟好，都是郝家台子人，来找老乡玩，一拍小孟，走走，师长找恁。出了帐棚，小孟说师长这个鳖孙，平时想不起俺，这时找俺弄啥哩？炎居说这时也木有想起恁，恁个龟孙不长眼，人烦恁一个坑，恁啥都瞧不出来。

因为有纪律，组织活动啥的，孟儿也不能深问，日后羊蛋老蔫来了，打过招呼就假忙主动离了帐棚，把时间空间留给人家。偶尔简也过来兜两圈，参加小组会，一起咬栗子，发呆。简因在炎帝部生活过一段时间，炎帝部上下老人儿都认识她，又因为和合同的关系，私下管她叫嫂子，也知道她是黄帝跟前大女巫，现在对象是誉，既尊重又不拿她当外人，出来进去的，小孟这样的也敢跟她逗两句，扫听扫听你们这都叫干嘛呀，也不怎么说话，就一块呆着？简也是随和人，说嗜，可不就一块呆会儿么，家都不在，一块呆会儿塌实，你们就没几个能一块呆着不说话老乡么？孟儿说也有。

后来孟儿调警卫支队去了。又后来，发生了揪斗女媿事件，孟儿和二组几个人奉炎帝命去把她抢回来，冲撞中挨了嘴巴子和无影脚，脸花了，牙出血了，胡子头发揪掉几把，小孟打不还手，横入直出，扛着媿冲破人群，送到炎帝那里保护起来，得到炎帝欣赏，之后调整到炎帝身后当持杆侍卫。

小孟的转世卫老对我说，其实简还是跟我透露了很多关于太一信仰的事，不废话，用内种心对心方式，就那么一照面，四目交瞪，俩人心有所想就全端给对方了。我说懂。

卫老说你懂，别人——鼻老他们懂么？内些个老窑器，以为只有言说才是思想载体，竹册墨渍才是可靠心证，跟他们说我是一照面得的信息，还不以为我疯了？跟他们说不清。

我说我一直懂，您对历史从来采取非常严谨态度。这种勾连业内叫启示，俗语叫一见钟。忽然两个人两只不同回路同期在轨了，哐哐若敲进站钟，产生心识对流。当然一般人传递信息比较扼要，通常只一个字，特别对路的人能瞬时接收海量信息，改变头脑。有一种叫科学的宗教管这叫离子交换，夫妻相，一帮女的住一块经期越来越一致，都跟这有关。

卫老说噢是吗这也成宗教了？我说当然，把求知当信仰，路径当目的，形成一种庸俗意识形态：方法即真理；

谁反对自己谁就是傻帽。有自己一套权力认证体系，小圈子——他们叫共同体；有近乎黑话术语符箓、神话人物和传说——他们叫假说；遇事一哄而起，具体问题可以讨论，证伪，整个体系不容置疑。个中狂热者也有各种成瘾、自闭、烈士症候群。理想图景兼具颠覆再造世界雄心，不是宗教是什么？

卫老说听上去你恨这个巫术我是不是说错了什么，噢噢宗教，你把我搞糊涂了，我一直以为你是赞成这些个，你多维新呀。我说没错，和咱们家巫术同父异母。跟恨没关系，只是简单烦无往不正确和各种自我神化，都别牛吹！自古而今人类所有发明闯造无一不是图利自身，仅止于改良自己生活，无一例外！于万物，害莫大焉。于宇宙，当然不曾撼动半分。多少荼喔跟着招摇，其中有人分明是幌张儿。(《骨辞正义》：荼，痴呆、疲倦；喔，喔瘪，没赶上的意思。二者合一，倍之。传说荼原为神，嫉羡羿射九日建大功于世，立志将最后一日射下，遂下凡，颠倒流离至今。) 说宗教言重了，还差一口，还需要回答一个问题，本宇宙为什么存在？

卫老说管他！由他们胡闹去。我说是是，还能怎样？走乃条路都不近，走到终点无人——宇宙本无目的也是一种答案。很有兴趣听听简都端给你什么了你俩乱敲钟时候。

卫老——孟儿说：从简那里得到的对流——或许我应该用传达更恰当——太一信仰基本还是个祈佑体系。神的面目很模糊，尽管自古以来就得啵得啵说个没完，迄今无证据显示是对特定人、特定种群发言。其所言多为自我肯定，不能排除是对所有物种、乃至无生命界山川百物各种感知意会通行广播。对人说人话，对鸟说鸟语，对山川百物直播画面，谁能接收到算谁的，我们接收到属于我们的了。意图似纯炫耀或曰宣示主权。可能本人小人之心了，某这么想就是以人观神，把神降到人这个组别。况复人尚且有声销见独，默如雷，神不如人，某竟不知其何以为神了。舍此，惟有二可能，一太初有知，知就是录影仪、播览器，自无始来凡所见闻随机录播自动放音；二还是人僭越，有好事者、用心极深者借神威声抬己权。上古三大部有熊、大庭、九嶷，掌握神语解释权和部族话事权实在也是同一伙人。再来——某实不愿做如是想——就是神果当如此，能力第一，野心、虚荣亦第一。换言之，从来没有谁拉低怹，而是事事与人做范本。

我说你聊得有点飞。卫老说臣所知也有限，也就大两千年前一寄名女巫捅给臣这点示相，两千年下来，臣也是死去活来，今日能记得、说得出口的也就这一点浮皮——勾连了。

我说仅凭直观，揣度神居心很危险，不准确是一定的。

卫老说是是，我不居灵界久矣，居其内，万有归一，灵在一中游，百无一问。瞠乎其外，万象森严，惟觏是问，隔着千万重境，好比鸟问云归处，不但隔着物种还隔着物态呢。

但是,我说,内话怎么说的,落呢儿像鸟,飞起来像鸟,下个蛋孵出来是鸟雏儿——那就是鸟!做得出来就别怕人说。

卫老说您是主张我猜呀还是不主张我猜,话都让您说了。

我说猜!我一向这么个观点,真理不怕猜!是凡属真理,从来都是把人往明白带,叫人解放而不是叫人作奴,叫人宽敞而不是往窄里钻赛着轴——不带托大装深藏个闷葫芦的。

卫老说我就不猜了,猜对了也没人有资格——配说你对。我心里一直有一疙瘩,不知当说不当说?我说别说了,我知你要说什么。卫老说您是太一派当今唯一传人,太一经典您私窑着,照说比我摸得到边,您是想看我到底有多荒谬么?

我说照说我也是不该回答你这问题。卫老说是是,照说我但分提这事您就该给我灭口。我说哎呀,也没嫩么恐怖。

卫老说我听说赵绾王臧就是因为涉教而不是言太后事获罪。我说胡说!我汉大臣向有死天下事,从无一人死信仰事。照你的说法,司马谈就要死多少回。卫老说是是,听说你们老聊。我说你也不要迷信经典,解经家从来都是出异端的窝子,外道有无上觉寤无关文字说,朕深以为然,你想那上神本非人类，无始无无始，谅必也不是生命体——这么类比都是亵渎！太初有知也好，有沃德也好，其本尊就是话语，一条消息，也不应当是任何一种人类语言。你讲话，传给人，必遭转译，岂有不生歧义的？我们都知道翻译就是翻一大概其，你讲话跟猜也差不多。卫老说我啥时候说过这话了？

我说的行吗？接收什么意思阿？神学问题我俩就不讨论了，说深了不成异端也难。还是回到我太一正信之初，想听你说说教史，怎么就从普遍信仰变成只能我一人信了。

卫老说也很——不好意思我说这词儿有点臊得慌——孤独吧？我说哎呀……卫老说快别说了快别说了，眼泪都快下来了。我说还能不能好好聊天了，为什么你关注重点总是偏呢？卫老说我错了。我举头望天，天棚都是灰，我说……好比石马呢？一孩子活得好好的，忽一日有人告他，你不是这儿人，你是走丢的，这儿不是你家，你家在远方，你现在的爹也不是你爹，你有一亲爹，在哪儿不知道，也没人知道啥模样，你可以找也可以不找，找，一点线索没有，就这么一感脚。卫老说你就信了。我说我积了心，日子没法过了。问题在于不是人家说我才信，我也一直觉得我不属于这儿，从小到大都觉得怪怪的，这方天，这块土，这些人，老觉得自己是一个旁观者，在看他们生活。熟吧，是真熟，一掉脸，又觉得无比的生。起初以为是局地问题，可能是对这里的生活不满意,后来也走过一些地方,不多,足以代表远方了,发现处处隔路,都是一些不相干的人,过着不相干生活。

我说你怎么了,泪人似的?卫老抽噎:说、说出来您也许不信,我也是因为一直有这感脚,不满意,才在两千年前,惹出大事……